MON UTOPIE

Généticien de formation, Albert Jacquard est l'auteur d'un grand nombre de livres sur diverses questions de société, parmi lesquels *Petite philosophie à l'usage des non-philosophes*, qui a connu un immense succès. Plus récemment, il a publié *Tentatives de lucidité* et *Nouvelle petite philosophie*, où il a donné la pleine mesure de son talent pour traiter les sujets les plus complexes dans un style limpide.

Paru dans Le Livre de Poche :

À TOI QUI N'ES PAS ENCORE NÉ(E)

DE L'ANGOISSE À L'ESPOIR

DIEU ?

L'ÉQUATION DU NÉNUPHAR

HALTE AUX JEUX !

J'ACCUSE L'ÉCONOMIE TRIOMPHANTE

NOUVELLE PETITE PHILOSOPHIE

PETITE PHILOSOPHIE À L'USAGE DES NON-PHILOSOPHES

LA SCIENCE À L'USAGE DES NON-SCIENTIFIQUES

TENTATIVES DE LUCIDITÉ

ALBERT JACQUARD

Mon utopie

STOCK

© Éditions Stock, 2006.
ISBN : 978-2-253-12090-2 – 1re publication LGF

J'atteins l'âge où proposer une utopie est un devoir ; l'âge où les époques à venir semblent toutes également éloignées : qu'elles appartiennent à des siècles lointains ou à de prochaines décennies, elles sont toutes tapies dans un domaine temporel que je ne parcourrai pas ; l'âge où la durée qui s'écoule doit être accueillie comme une alliée si l'on ne veut pas la laisser devenir une ennemie implacable.

Il est donc temps pour moi de décrire un demain souhaitable, sans me laisser engluer dans les contraintes d'aujourd'hui ou dans les rigidités d'hier.

Mais cette urgence est motivée par de tout autres arguments que mon propre parcours ; celui de l'humanité subit actuellement une bifurcation radicale. Responsable politique ou homme de la rue, chacun a conscience d'être emporté dans un tourbillon qui peut nous conduire au pire. C'est la survie même de notre espèce qui est en jeu. Elle peut disparaître brutalement dans un accident nucléaire ;

elle peut se laisser sournoisement détruire par son incapacité à reconnaître les obstacles. Il est temps de repenser les conditions de cette survie. Toutes les leçons du passé doivent être réinterprétées, les bases de nos raisonnements être repensées ; ce qui était évidence est devenu erreur. Une métaphore peut être éclairante, celle du gyroscope des marins (ou tout simplement de la toupie des enfants). L'inertie du tournoiement de son disque lui permet de garder durablement une direction fixe. Il est cependant à la merci d'une pichenette qui peut tout bouleverser ; sa réaction alors est paradoxale : si vous lui donnez un coup dirigé vers le nord, ce n'est pas vers le nord qu'il s'incline mais vers l'ouest. La loi de la nature faisant prévoir des effets proportionnels aux causes semble contredite. Ce n'est qu'une apparence, mais il faut en tenir compte lorsque l'on veut intervenir.

La communauté des humains est infiniment plus complexe qu'un gyroscope ; pour en orienter le parcours, il faut souvent agir en s'affranchissant des idées trop simples. Or l'accord est unanime sur ce constat : la direction actuelle adoptée par l'humanité ne peut que conduire à une catastrophe. La destruction des richesses de la planète est toujours plus rapide ; la dégradation de son climat s'accentue ; les espoirs en une humanité plus fraternelle se heurtent à un scepticisme généralisé. Faut-il s'abandonner à un pessimisme ravageur ou proposer, malgré tout, de nouvelles directions ?

La réponse est évidente : la soumission à une prétendue fatalité serait un crime. Les contraintes que nous impose la nature sont maintenant bien connues ; elles sont parfois rudes mais elles nous laissent un large espace de liberté. Dans cet espace, ce que nous réaliserons ne dépend que de nous. Nous avons le droit, nous avons le devoir, de décrire et de commencer à préparer la Cité idéale.

Avant de proposer une société des hommes en cohérence avec ces contraintes, notamment la finitude de la Terre, il faut d'abord décrire avec lucidité la réalité d'aujourd'hui et reconstituer le cheminement dont elle est l'aboutissement provisoire ; puis il faut s'adresser à ceux qui auront à la construire, les hommes de demain, ceux que prépare l'école d'aujourd'hui. C'est à eux de devenir plus clairvoyants que leurs aînés, à eux de prendre conscience des erreurs commises et surtout d'adhérer à un objectif commun. C'est à l'école que se joue l'avenir ; c'est donc autour de l'école qu'il faut tenter d'articuler un projet. Les structures à venir de la société seront directement les conséquences directes du système éducatif choisi.

Pour l'essentiel, mon utopie est un projet à propos de l'éducation. Mes réflexions ont nécessairement été influencées par mon propre parcours, que ce soit comme enseigné ou comme enseignant. Je crois donc utile, avant d'interroger l'avenir, de commencer par décrire ce qu'a été ce parcours personnel.

À l'école

Le trajet d'une vie est l'entrelacement de multiples parcours. Plusieurs personnages évoluent en se heurtant, se provoquant, se complétant ; ils coopèrent pour construire une personne indéfinissable qui manifeste son existence chaque fois qu'elle ose dire *je*. Au cours de cette construction, chacun de ces personnages trace son chemin, mais ils sont constamment dépendants les uns des autres, ce qui permet à la personne qu'ils deviennent d'être à la fois multiple et unitaire, semblable à ces particules quantiques qui, sans se dédoubler, traversent simultanément les deux fentes d'un écran.

Malgré l'impossibilité d'isoler totalement les divers acteurs qui sont moi et qui ont parcouru chacun son propre itinéraire, je vais essayer de prendre comme repère le cheminement de l'un d'entre eux, celui qui, tout au long de ma vie, est « allé à l'école ». Il a pris successivement la forme du petit garçon élève de l'école primaire, du grand garçon allant au collège, au lycée, de l'adolescent polarisé par les « grandes écoles », de l'étudiant allant à la fac, du professeur participant à la vie de l'université, du citoyen prenant enfin conscience de son autonomie et de sa responsabilité.

Je constate que le comportement de ce personnage, qui est une partie de moi, a été fort différent selon les étapes. Souvent il s'est contenté de suivre passivement un chemin déjà tracé ; il a respecté les flèches et les sens interdits, il s'est introduit dans des collectivités déjà définies, sans rien y bouleverser ni ajouter, satisfait de la quiétude du conformisme. Parfois il a emprunté des chemins déjà utilisés avant lui, mais oubliés, envahis par les ronces ; il lui a fallu les redéfinir, accepter le trouble des remises en question. Enfin, rarement, il s'est aventuré dans des domaines nouveaux, où rien ne témoignait du passage d'autres humains ; il a dû s'y diriger sans boussole, assumer ses décisions face aux bifurcations. Je vais m'efforcer de reconstituer ces étapes.

Un élève...

Si loin que remontent les souvenirs du jeune garçon que j'ai été, je le vois toujours avec la même occupation : la lecture. Je ne sais si j'en ai été capable avec retard ou précocité, mais, dans la reconstitution laborieuse et nécessairement arbitraire de mon passé, l'acte de lire semble constituer la frontière indépassable du champ de ma mémoire ; c'est pour moi l'étape première à partir de laquelle ma conscience a pu enregistrer quelques épisodes et participer au déroulement de ma vie. La lecture est contemporaine de l'origine de celui qui, en moi, se sait être.

Mon big-bang personnel, cet instant zéro qui n'a pas pour moi d'avant, est aussi inaccessible que celui du cosmos pour les astrophysiciens. Ceux-ci, lorsqu'ils cherchent à s'informer sur l'état initial de l'univers ont du moins la possibilité d'envoyer des satellites capables, regardant loin dans le passé, d'en fournir des représentations. Pour porter un regard sur ce qui a suivi ma propre origine, je n'ai pas ce recours, mon seul outil est ma mémoire. Elle me montre un enfant plongé dans une quelconque lecture, incapable d'échapper à une fascination permanente pour tout ce qui est imprimé.

Ce besoin s'est par la suite développé – peut-être faudrait-il dire aggravé. Il est devenu aussi fondamental que le besoin de me nourrir. Les mots, et surtout les mots écrits, se sont ainsi, dans mon regard sur ce qui m'entoure, substitués aux choses. Ils permettaient de décrire le monde réel, mais ils élevaient simultanément un obstacle entre ce monde et moi. Au lieu de regarder la réalité elle-même, je me suis contenté des mots qui la décrivaient.

Cette disposition d'esprit était-elle inscrite dans mon patrimoine génétique ou a-t-elle été provoquée par les événements survenus au cours de la période située en amont, au-delà de mon souvenir ? Résulte-t-elle de ce que m'a donné la nature ou de ce que m'ont apporté les tout premiers instants de mon aventure ? Je l'ignore, mais je crois volontiers que la nature n'y est pour rien ; un processus auto-entretenu a fait se développer ce besoin, qui ne s'est jamais affadi.

Explorant mon passé, je constate avec regret que, tout au long de ma vie, j'ai été plus proche des mots que des choses, plus nourri par ceux-là que par celles-ci. Cette attitude a aussi, malheureusement, concerné les êtres humains. J'ai été plus à l'aise avec les personnages découverts dans les livres qu'avec les personnes affrontées face à face. Dans les rencontres avec les premiers, faits de papier et d'encre, je peux imposer mon rythme, sauter une phrase, revenir en arrière, et même fermer le livre ; dans les rencontres avec les personnes faites de chair, et surtout de paroles, il me faut accepter un cheminement qui est autant tracé par l'autre que par moi.

Par une inversion étrange de la mémoire, mes souvenirs de lecture sont plus éloignés dans le passé que les souvenirs d'école ; c'est pourtant à l'école que j'ai appris à lire ; mais le pouvoir de ces signes sur le papier blanc m'a trop fasciné pour que je puisse m'intéresser à autre chose qu'à eux. Je ne trouve guère en moi d'images liées aux classes de mon enfance. Je crois qu'aller à l'école m'apparaissait comme un rite sans grande signification. Les épisodes scolaires étaient infiniment moins importants que les événements familiaux. J'y participais sans déplaisir mais sans passion, sans même de l'intérêt ; les camarades n'avaient guère pour moi d'existence (je ne me souviens d'aucun), alors que les rapports avec ma sœur et mes frères étaient chauds, intimes. C'est à la maison, avec eux, que se déroulait l'essentiel de ma vie ; c'est là que je jouais, et surtout que je lisais.

Au gré des affectations de mon père dans les succursales de la Banque de France, la famille migrait de Lyon, où je suis né, à Mâcon, à Soissons, à Gray. Je découvrais chaque fois un nouveau collège où je me contentais de passer d'une classe à l'autre. À l'époque, l'obsession pour la réussite scolaire me semble avoir été moins intense qu'aujourd'hui. Malgré des résultats plutôt médiocres (j'étais parmi les derniers), je ne me souviens pas d'avoir été jamais menacé d'un redoublement, ni d'avoir été réprimandé pour un carnet scolaire insuffisant.

De mon séjour de quelques années à Soissons, les souvenirs les plus précis ne sont pas liés au collège, mais à la bibliothèque municipale. J'y passais tous mes instants libres, heureux d'être entouré de ce calme, de ce silence, de cette odeur de papier et d'encaustique, heureux d'avoir accès à toutes les aventures racontées dans les romans, heureux surtout de pénétrer tous les secrets de l'univers dévoilés dans les encyclopédies ; la bibliothèque m'introduisait dans le monde beaucoup plus que le collège ; elle me permettait de trouver quelques réponses aux questions que je me posais et qui avaient pour moi de l'importance ; au collège, il me fallait apprendre les réponses à des questions dont je ne voyais pas l'intérêt, je n'avais guère d'appétit pour la nourriture que m'apportaient les programmes.

Je ne sais pourquoi le goût pour la réussite scolaire m'est venu durant la classe de seconde ; cela nécessitait de ma part une véritable mutation de mon comportement à l'école. Par chance, cette mutation, que je désirais sans savoir comment la provoquer, a été facilitée par les événements. En 1941, le poste de mon père a été transféré de Soissons, en « zone occupée », à Gray, en « zone interdite ». La frontière entre ces deux zones définies par l'occupant n'était guère étanche, mais les communications de l'une à l'autre étaient difficiles. J'ai pu arriver au lycée de Gray sans livret scolaire, sans définition, sans passé ; j'en ai profité pour devenir un autre. À la question posée à mon arrivée : « En quoi êtes-vous bon ? », j'ai répondu : « En tout, sauf en gymnastique. » Les professeurs m'ont cru. J'ai donc été bon. Je regrette pour la gymnastique.

Certes, j'ai fait beaucoup d'efforts pour assumer mon bluff, mais j'ai mesuré à cette occasion l'importance du regard des autres pour la réalisation de soi. Au lycée de Gray, j'étais dès le départ catalogué bon élève, les profs attendaient de moi de bonnes copies ; avant même d'être lues, elles bénéficiaient d'un préjugé favorable. De mon côté, je ne voulais pas perdre la face ; il me fallait montrer que ma réponse initiale, en réalité un mensonge, ne correspondait qu'à un décalage dans le temps. À la vérité, je n'étais pas « bon », mais j'allais le devenir, j'étais obligé de me le promettre à moi-même.

Du coup, j'ai un souvenir plutôt émerveillé de ces deux années d'avant le bac. J'apprenais certes par les rares journaux et les quelques émissions de radio écoutées à la maison que des événements d'une certaine ampleur se déroulaient alors dans les plaines russes et dans l'océan Pacifique, mais seule arrivait jusqu'à moi une légère écume de ces vagues. Mon acharnement à me plonger totalement dans ce qui pouvait alimenter ma boulimie de compréhension m'a alors rendu inconscient des bouleversements planétaires, y compris de ceux que subissait mon pays après la défaite de mai 1940. Cette inconscience a eu du moins, dans l'immédiat, l'avantage d'élever un rempart protecteur entre mon parcours et les violences de l'histoire.

J'ai été saisi par un appétit extravagant pour tout ce que le lycée pouvait m'apporter, que ce soit les programmes des classes de math élém ou ceux des cours de philo ; ils me passionnaient tous autant. Les désordres administratifs de l'époque m'ont permis de m'inscrire aux deux filières et de passer les deux bacs, l'un en juin, l'autre en octobre.

Dans cette petite ville assez isolée, les élèves étaient peu nombreux, une quinzaine par classe. J'ai le souvenir que le désir de meubler son intelligence était partagé par tous ; nous nous passions les rares revues scientifiques alors disponibles, dans une ambiance d'émulation où chacun, professeurs compris, avait plaisir à partager ses informations, ses difficultés, ses compréhensions. Il ne s'agissait pas de l'emporter sur les autres mais de progresser ensemble en essayant d'assouvir notre appétit de connaissance. Le bac n'a été qu'une anecdote dans un parcours enthousiaste.

Après cette expérience, le prolongement naturel était la préparation d'une grande école, mais l'entrée en « taupe » a marqué pour moi une double et désagréable discontinuité : il fallait quitter la quiétude provinciale, abandonner le confort familial, mais surtout il fallait adopter une nouvelle obsession. Il ne s'agissait plus en effet d'entretenir le plaisir de comprendre, mais d'accepter la soumission à un seul objectif : réussir le concours final. Pour cela il fallait s'interdire tout vagabondage de la pensée, ne pas s'abandonner à ce qui passionne ; il fallait suivre les chemins balisés, être conformiste ; je l'ai été.

Pour amortir le choc du dépaysement, j'ai été inscrit à l'école Sainte-Geneviève à Versailles. Je n'ai pas mauvais souvenir des deux années passées à « Ginette », où les jésuites se sont spécialisés dans la préparation aux concours des diverses écoles cataloguées comme « grandes ». Grande aussi est la réputation de ces pédagogues. Expérience faite, il m'a semblé que leur réussite proverbiale en ce domaine ne résulte d'aucun secret, sinon mettre l'élève dans des conditions telles qu'il n'ait pas d'autre possibilité que travailler. La succession des jours et des mois n'était rythmée que par les examens qui jalonnaient la progression vers le niveau de connaissance permettant un espoir de succès.

À cette période, entre 1943 et 1945, quelques drames bouleversaient le sort des peuples, mais les « taupins » que nous étions n'étaient guère touchés par ces perturbations ; nous ne les connaissions que par la lecture du journal affiché dans un couloir et en prenions vaguement conscience par l'insuffisance de la nourriture et du chauffage. Nos préoccupations n'étaient nullement planétaires. Pour beaucoup d'élèves – dont je faisais partie –, elles se limitaient à la préparation des épreuves censées leur ouvrir une belle carrière. Peu importait aux bons pères que la compréhension par leurs élèves des problèmes du monde soit lacunaire, leur objectif était que les statistiques des concours apportent la preuve que leur stratégie d'enseignement et de sélection était efficace.

Le mot « taupe » décrit bien cette méthode, appliquée encore aujourd'hui de la même façon à Ginette que dans la plupart des grands lycées français. Il s'agit de rester provisoirement aveugle, d'ignorer la réalité de l'aventure humaine, pour pouvoir consacrer totalement son énergie à sa réussite personnelle. À vingt ans, cette énergie est grande, elle permet de progresser à vive allure, mais elle ne garantit pas que la direction a été bien choisie.

Recalé, hélas, à l'oral de l'École normale supérieure, qui était mon véritable objectif, reçu à Polytechnique, j'ai intégré cette école, la première de toutes, à condition du moins que le palmarès soit fondé sur la brièveté de son nom : l'X, une seule lettre, record imbattable. Mais elle a surtout la particularité étrange, pour un établissement d'enseignement scientifique, d'être dirigée par des militaires et d'imposer à ses élèves un travestissement de soldat. Je ne crois pas qu'il y ait dans le monde d'autres exemples d'une telle bizarrerie, qui peut difficilement être justifiée : au nom de quoi faut-il exiger de futurs chercheurs, ingénieurs ou gestionnaires d'entreprises qu'ils s'exhibent en portant une épée et apprennent à marcher au pas pour faire bonne figure lors du défilé du 14 Juillet ? Il s'agit en fait d'un résidu historique datant de Napoléon. L'Empereur, plus préoccupé par la gloire de ses armées et par la sienne que par les avancées de la science, avait transformé l'école civile créée en 1794 par la Convention en une école militaire. Mais pourquoi la Ve République se croit-elle obligée de respecter les choix du Premier Empire ? La survivance de cette anomalie est significative de la difficulté de notre société à tenir compte des transformations du monde extérieur.

Les mots « bizarrerie », « anomalie » sont sans

doute trop faibles ; c'est une attitude de soumission qui est affichée. À vingt ans, ce n'est pas bon signe. À deux reprises, j'ai donc défilé avec ma promo sur les Champs-Élysées. Je me souviens d'avoir éprouvé une certaine gêne, car j'avais lu la remarque d'Einstein : « Pour marcher au pas, le cerveau est superflu, la moelle épinière suffit. »

À vrai dire, le temps perdu par les polytechniciens à des gesticulations militaires était, déjà à mon époque, très limité ; elles ne pouvaient donc justifier le bas niveau des études. Car ce niveau n'était guère grandiose. Certes, de nombreux professeurs étaient prestigieux, ils appartenaient à l'élite de leur discipline, mais ils n'étaient chargés que de cours magistraux devant une promotion rassemblée ; aucun contact ne s'établissait entre eux et les élèves. Après le dessèchement des années de taupe, la plupart de ceux-ci sentaient le besoin de redécouvrir la réalité. Seuls ceux qui pensaient à leur carrière future et voulaient « sortir dans la botte » (c'est-à-dire entrer dans l'un des corps d'ingénieurs de l'État) prenaient les examens au sérieux. Pour les autres, le futur titre prometteur de réussite d'« ancien élève de l'X » était de toute façon déjà acquis ; les efforts pour approfondir leurs connaissances étaient donc devenus inutiles. Ils se contentaient de faire relier les cours polycopiés, dont je me suis aperçu après coup qu'ils étaient excellents, mais ne les lisaient guère. Les activités folkloriques tenaient beaucoup plus de place que les études. De nombreuses semaines étaient consacrées à préparer la journée du « Point Gamma », où les anciens sont invités à venir faire la fête dans l'enceinte de l'École. Ce ne sont là que de vieux souvenirs. Il paraît que tout a changé. C'est fort possible ; je ne témoigne que de ce que j'ai connu.

... métamorphosé en professeur...

Sortant de l'X, j'étais catalogué bon pour la vie active, muni d'un certificat de traçabilité comme les produits vendus dans les supermarchés. Mais quelles sont maintenant ces traces en moi après tant d'années ? Je les cherche en vain, si ce n'est ce qu'ont apporté les quelques mois où ma promotion a été envoyée, durant l'hiver 1945-1946, en occupation en Allemagne.

Nous avons alors découvert avec effarement un peuple effondré, pour toujours, pensait-on. Nous avons côtoyé les effroyables séquelles d'une guerre à laquelle nous n'avions pas participé – à l'exception des quelques camarades qui s'étaient engagés dans la Résistance. Nous avions la chance d'être dans le camp du vainqueur ; ce dénouement dramatique que nous constations, nous l'avions souhaité, bien sûr, mais nous n'y avions pris aucune part. De quoi alimenter le sentiment d'un certain ratage. Je n'avais été qu'un passager de l'Histoire. Ce constat m'a fait réfléchir plus que tous les amphis de la rue Descartes.

Je n'ai, par la suite, gardé de contact avec l'X

que par l'*Annuaire des anciens élèves* reçu chaque année. La structure de ce gros volume, inchangée depuis mon entrée dans ses pages, est révélatrice d'objectifs implicites. À côté des listes classées par ordre alphabétique et par promotions, une liste sur papier vert regroupe les anciens par lieux de résidence, une autre sur papier jaune par entreprises. Elles permettent de prendre contact avec un camarade bien placé. Elles sont donc fort utiles lorsque l'on est perdu dans un pays lointain (parcourons la liste verte et prenons contact avec un camarade de l'endroit) ou dans les dédales d'une administration ou d'une grande entreprise (cherchons un camarade dans la liste jaune). À la question : « À quoi vous a servi votre passage à l'X ? », je suis tenté de répondre : « À recevoir l'annuaire. » La boutade est sans doute excessive, mais elle correspond en ce qui me concerne assez bien à la réalité.

L'épisode suivant de ma vie scolaire a été plus stérile encore. Sachant que, dans le corps des ingénieurs des tabacs, il était possible de consacrer son activité à tout autre chose qu'au fonctionnement des manufactures, j'ai choisi cette « botte », dans l'espoir qu'elle me permettrait de prolonger mes études dans une direction qui me semblait passionnante, la biologie. Malheureusement, les règlements imposaient à tous les corps d'ingénieurs de mettre en place une école d'application censée préparer au futur métier. Malgré le petit nombre des élèves ingénieurs, six chaque année, la Régie française des tabacs se conformait à cette obligation. Pendant deux années, j'ai donc suivi les cours de ce fantôme d'école dont le programme semblait avoir surtout pour but d'occuper assez les élèves pour qu'ils ne puissent pas s'intéresser sérieusement à autre chose. Deux années perdues, à l'exception des cours passionnants d'économétrie que j'ai suivis à l'École nationale supérieure des mines, professés par Maurice Allais, futur prix Nobel d'économie.

A suivi une longue période où je ne suis plus allé dans aucune école. À ma grande surprise, j'ai été intéressé, puis passionné par le travail que l'on m'a confié à la direction générale de la Seita, la mise en place de ce qu'on appelait alors un centre mécanographique, lointain ancêtre de l'outil informatique d'aujourd'hui. Il ne s'agissait plus d'ouvrir mon esprit à des réflexions nouvelles, mais d'utiliser au mieux des matériels capables de performances qui semblaient alors inouïes.

J'ai ensuite été détaché au ministère de la Santé, où j'ai été chargé d'études économiques. La France commençait à rattraper son retard dans les investissements hospitaliers, la répartition des crédits résultait de discussions entre ministères au cours desquelles les besoins réels des communes n'étaient pas toujours le principal argument. Mal préparé à me frayer un chemin dans ce milieu compliqué, où la réalité n'a guère de poids face aux arguments politiques, j'ai vite compris que le seul machiavélisme à ma portée était la naïveté affichée. Mais la stratégie du petit scout ne permet pas d'éviter tous les pièges ; je me suis retrouvé au bout de deux ans détaché, en surnombre et sans fonction définie, à l'Institut national d'études démographiques, autrement dit « au placard », selon la terminologie actuelle.

N'ayant rien à faire, j'ai suivi les conseils de ceux qui m'ont incité à retourner à l'université. Je me suis inscrit, à trente-neuf ans, aux cours de génétique de l'université Paris-VI et j'ai passé les divers examens qui jalonnent le parcours classique des étudiants.

J'ai alors surtout côtoyé l'un des fondateurs de l'Ined, le Dr Jean Sutter ; il m'a fait découvrir une discipline qui prenait son essor, la génétique des populations, présentée souvent sous le titre de « génétique mathématique ». Les réflexions n'y peuvent en effet progresser que grâce au recours à un outil mathématique de bon niveau. Il s'agit de tenir compte des concepts de la génétique en portant son regard non pas sur les individus, comme le fait la génétique médicale, mais sur les populations dans leur ensemble. L'objet de l'étude est le patrimoine biologique collectif, dont on analyse la transmission de génération en génération.

C'est toute la problématique de l'évolution des espèces, ébauchée par Darwin au milieu du XIXe siècle, qu'il faut refonder en tenant compte des découvertes ultérieures, que ce soit celles de Mendel, dévoilant l'essentiel du processus de la procréation, ou celles, récentes, de Crick et Watson, précisant le rôle de la molécule ADN.

L'essentiel de l'apport profondément novateur de Mendel est la compréhension du rôle de l'aléatoire, c'est-à-dire du hasard, dans la transmission des informations génétiques. Pour décrire les processus en cause, il faut donc recourir à la technique du raisonnement probabiliste. J'avais suivi des cours à ce propos durant mes années en taupe ou à l'X, mais je n'en avais gardé que des souvenirs bien imprécis. Pour leur donner une nouvelle vigueur, j'ai pensé que la meilleure voie était d'écrire un manuel sur ce sujet. J'ai donc proposé aux PUF un « Que sais-je ? », *Les Probabilités*, qui figure encore dans leur catalogue. J'ai, à cette occasion, vérifié que la meilleure façon de faire le tour d'un domaine scientifique est de l'exposer, de l'enseigner, d'en faire un livre.

Ce hasard que je m'efforçais d'apprivoiser dans les équations de la génétique mathématique est intervenu concrètement et efficacement sous la forme d'une proposition venant de l'université de Stanford en Californie. Josuah Lederberg, prix Nobel pour sa découverte de la « sexualité » des bactéries, y avait constitué une équipe chargée de préciser les concepts de la génétique des populations humaines ; cette équipe avait notamment pour objectif d'utiliser les données des recensements en vue de préciser la transmission entre générations de certains traits liés à la fécondité et à la mortalité. Depuis leur création, les États-Unis ont procédé tous les dix ans à de tels recensements ; l'ensemble de ceux-ci constitue donc une mine d'informations que pourraient valoriser des recherches alliant la démographie et la génétique. Ayant un début de formation dans ces deux domaines, j'ai été chargé d'étudier la problématique ainsi ébauchée.

J'ai pu à cette occasion mesurer l'écart entre une université américaine, à vrai dire l'une des plus prestigieuses, et les universités parisiennes. Cet écart est bien connu en ce qui concerne les moyens matériels, mais j'ai surtout été frappé par l'écart des mentalités, en particulier par la souplesse des programmes de recherche. Cette souplesse s'est manifestée à propos du projet qui avait provoqué mon séjour : au dernier moment, le Bureau of Census de Washington, qui rassemble les résultats des recensements, a refusé de fournir ses fichiers à une université de statut privé, ce qui était le cas de Stanford. Il a donc été décidé que je me consacrerais à des études théoriques dans un autre domaine, la mesure de l'apparentement, et à l'ébauche d'un traité sur l'ensemble des concepts de la génétique mathématique.

Pour l'apparentement, il m'a suffi de développer les idées proposées par un mathématicien français, Gustave Malécot. J'ai pu, en exposant ses travaux, intéresser la petite équipe de biologistes et de mathématiciens qui cherchait à définir le domaine encore peu exploré de cette branche particulière de la génétique. Quant au « traité », il s'agissait d'une œuvre de longue haleine que j'ai achevée à mon retour à l'Ined, profitant de l'élan reçu lors des multiples séminaires de Stanford. Le but était de faire le tour d'un domaine dont je n'avais abordé que des fragments ; la meilleure stratégie était, là encore, de l'enseigner en rédigeant un manuel.

J'ai été aidé dans ce travail par le peu d'ancienneté de cette discipline, son objet même n'ayant été défini qu'au début du XXe siècle. Mais j'ai surtout limité mon exposé au cas particulier des populations humaines, qui ont l'avantage de permettre un lien entre la génétique et la démographie. Je ne cherchais pas à faire un état des lieux en décrivant l'ensemble des travaux antérieurs, mais à préciser les concepts de base en faisant un usage systématique du raisonnement probabiliste. Un éditeur, Masson, a couru le risque de publier ce texte pourtant rébarbatif, truffé d'équations et de tableaux. C'était, bien sûr, l'œuvre d'un débutant, mais c'est justement sa maladresse qui a été considérée comme une nouveauté par quelques généticiens américains. Ils ont proposé d'en faire une traduction, parue chez Springer, à New York. Ce coup de chance a changé le regard que mes chers collègues français portaient sur moi : j'avais soudain le poids d'un professeur dont un livre avait été traduit et publié aux États-Unis.

Cela m'a incité à en publier un deuxième, plus inabordable encore, qui, par je ne sais quel concours de circonstances, a été remarqué par Bernard Pivot. Ce célèbre animateur de télévision l'a feuilleté, n'a certes pas été tenté de le présenter dans son émission mais m'a fait observer que ce texte n'était qu'une longue équation de cent trente pages et m'en a fait le reproche : « Ou bien il y a là un message et vous êtes coupable, avec vos équations, de le rendre inaccessible, ou bien il n'y a pas de message et vous vous fatiguez pour peu de chose. » Naturellement, j'étais persuadé de l'existence de ce message, et même de son importance ; j'ai donc essayé de le rendre lisible et j'ai écrit, en supprimant les équations, *Éloge de la différence*, dont la diffusion a dépassé les espérances de l'éditeur.

Par un retournement des effets et des causes, ce livre a eu des conséquences inattendues sur le cheminement de son auteur, et c'est tout mon parcours ultérieur qui a été réorienté. La métamorphose du lecteur devenant auteur a été suivie d'une métamorphose plus décisive encore, celle de l'étudiant devenant professeur. J'ai en effet été chargé d'enseigner l'essentiel des thèmes abordés dans *Éloge de la différence* à l'université Paris-VI puis à celle de Genève.

Que ce soit au collège, au lycée ou à la fac, un cours est une rencontre. Celle-ci a alors pour moi radicalement changé de définition : je m'étais jusque-là contenté d'être celui qui, assis dans l'amphi, écoute et reçoit, il m'a fallu être celui qui, debout au tableau, parle et apporte. J'ai découvert que la métaphore la plus proche de la vérité assimile faire un cours et faire l'amour. Exaltant et épuisant.

Dès les premières expériences, j'ai compris que l'essentiel n'était pas le contenu du discours, mais l'intensité de l'échange provoqué par la parole. Cette intensité est facilement obtenue : il suffit de se comporter en situation d'ouverture face à d'autres êtres humains, et pour cela d'oublier leurs catégories ; ne pas s'adresser à des élèves, à des étudiants, à des assistants ou à des professeurs, mais simplement à des « collègues en humanité ». Cependant cette situation est fragile ; il suffit que quelques auditeurs manifestent, même silencieusement, qu'ils ne sont pas intéressés pour que la magie des regards croisés n'opère plus. Par leur présence, ces « indifférents » polarisent l'attention de l'enseignant et coupent le lien entre sa pensée et sa parole. Celle-ci n'est plus vivante, elle n'est plus qu'une suite de mots ayant encore du sens mais n'ayant plus de force, semblables à un aliment surgelé qui a gardé sa couleur mais a perdu son goût.

J'ai cherché à être celui qui est écouté, celui qui s'efforce de proposer des cheminements logiques permettant de mieux faire avancer la compréhension, et non celui qui se contente d'apporter un savoir. J'ai assez rapidement constaté que cette attitude était peu cohérente avec ce qui est l'objectif, non avoué mais permanent, des enseignants comme des enseignés : réussir des examens ou des concours.

Cette incohérence m'est apparue dans toute sa monstruosité lorsque je me suis porté volontaire pour enseigner les bases de la génétique des populations en première année de médecine à la faculté Broussais-Hôtel-Dieu. Depuis des années, ce cours était rituellement chahuté car affecté, lors de l'examen final, d'un coefficient très faible. Les étudiants pouvaient sans dommage s'y défouler et jeter de la farine et des œufs sur le malheureux chargé du cours. J'ignorais ce détail et mon ignorance a permis de mettre un terme à cette tradition. La génétique sous toutes ses formes, et notamment la génétique des populations, donne la clé d'un domaine si proche des interrogations personnelles qu'il est facile sur ce thème de passionner un amphi. J'ai appris par la suite que, pour mon premier cours, farine et œufs avaient effectivement été préparés, mais que l'occasion de s'en servir ne s'était pas présentée.

J'ai compris de quel nœud de contradictions cet enseignement était victime lorsque des étudiants sont venus me dire : « Ce que vous nous exposez nous passionne ; on aimerait y réfléchir, mais on n'a pas le temps d'être intelligents, il nous faut préparer le concours. » Et en effet, la règle du jeu était connue : sur les quelque trois cents candidats inscrits en première année, seuls cent vingt seraient admis en deuxième année. Leur seule obsession était de faire partie des élus ; pour y parvenir il fallait se battre, l'emporter sur les autres.

L'objectif raisonnable de cette sélection devrait

être de déceler ceux qui sont les plus aptes à devenir, une dizaine d'années plus tard, des médecins efficaces. Il est malheureusement impossible de découvrir cette capacité, et la sélection s'opère donc à partir d'épreuves n'ayant que bien peu de liens avec la médecine. Tout se passe donc comme si l'on se fiait à un tirage au sort, mais cela ne doit pas être dit.

Pendant quelques années, j'ai joué le jeu officiel et donné des notes aux copies. Puis j'ai dû admettre l'évidence : ces notes, qui contribuaient à décider de l'avenir des candidats, n'avaient guère de rapport avec leurs aptitudes. J'ai fini par refuser de participer à ce jeu hypocrite qui permet de garder la conscience tranquille en justifiant le refus d'une entrée en seconde année par l'incapacité à comprendre (ou plutôt à faire semblant de comprendre) la célèbre équation de Schrödinger. J'ai donc donné la même note à toutes les copies, sauf à celles, assez nombreuses, qui ne comportaient que la signature du candidat et méritaient un zéro.

Ce comportement iconoclaste n'a certes pas été du goût de mes collègues, mais je constate qu'il n'a pas empêché plusieurs universités à Genève, à Montréal, à Louvain-la-Neuve, à Lugano, de m'inviter à participer à leur enseignement. Je ne l'ai pas caché aux responsables qui me proposaient de prendre en charge un cours : je ferais tout mon possible pour intéresser les étudiants, pour les faire réfléchir, pour surtout les amener à s'interroger, à m'interroger, à participer à une compréhension collective ; mais je serais incapable de les noter. Au début de mon activité de professeur, je suis souvent resté, comme tous mes collègues, le stylo en l'air, incapable de décider du chiffre qui était censé résumer mon opinion sur la copie que je venais de lire. Expérience mille fois répétée, j'ai à la longue compris que ce nombre ne pouvait être qu'une absurdité et que le donner était une capitulation devant ce Big Brother qu'est un système éducatif fondé sur la sélection.

Je me souviens très précisément du jour où cette évidence m'est apparue. Je devais faire passer un examen concernant le raisonnement probabiliste à une quinzaine d'étudiants de Paris-VI. À mon arrivée, je les découvre dans un couloir occupés à relire fébrilement leurs notes, espérant qu'ils vont, par chance, être interrogés sur le sujet qu'ils viennent de potasser. Le règlement prévoit que je les questionne un quart d'heure chacun, mais dans quel but ? En les interrogeant, c'est la qualité de mes cours que je juge ; mieux vaut le faire collectivement et ouvertement : ils vont être le jury et moi le témoin, ou même l'accusé. Je les fais donc tous entrer et nous passons ensemble quelques heures à une révision générale qui me montre quelles sont les parties de mon cours que, pour la majorité d'entre eux, ils n'ont pas comprises et qu'il me faudra donc améliorer l'an prochain. Cette inversion des rôles permet de mettre en évidence les insuffisances de mes exposés dont j'étais resté inconscient.

La logique aurait voulu que je donne la même note à tous ; j'avoue que, ce jour-là, je n'ai pas osé et leur ai demandé de se noter eux-mêmes. Ceux qui avaient déjà de bons résultats par ailleurs n'avaient nul besoin de bonnes notes en probabilités pour améliorer leur moyenne, ils se sont donc donné des notes médiocres, ce qui a permis à ceux qui avaient besoin d'améliorer cette moyenne de s'en attribuer d'excellentes. La subversion était totale. Bien sûr, en ridiculisant les notes, je n'ai pas respecté la règle du jeu, mais qui ai-je trahi ? Sélectionner parmi quelques centaines d'étudiants ceux qui seront aptes, dix années plus tard, à exercer tel métier est une tâche impossible. Sauf cas extrêmes, seule une voyante extralucide pourrait prétendre donner une réponse. Comment quelques copies apporteraient-elles des informations suffisantes pour décider d'une performance à venir aussi multiforme que, par exemple, la profession de médecin ?

Il semble d'ailleurs que les jurys chargés de cette sélection ne se fassent guère d'illusions sur leur capacité à remplir cette mission. Leur principal souci étant de se mettre à l'abri des réclamations des candidats évincés, ils se réfugient derrière des épreuves dont la correction est supposée objective, d'où la pondération élevée des sujets scientifiques. La capacité à exercer la médecine n'a pourtant que peu de rapport avec les équations de la physique.

À la question : « Qui est digne d'entrer en seconde année ? », la réponse devrait être donnée non par un concours mais par un examen. Il ne s'agit pas de prétendre désigner ceux qui font partie des cent vingt « meilleurs », mais de vérifier qui est capable de suivre avec profit les cours de l'année suivante. Il se peut qu'un tel examen permette à un nombre élevé d'étudiants de poursuivre dans cette voie, plus que ne l'indiquent les études prospectives sur l'évolution de la profession. La question est alors de rétablir la cohérence entre les besoins futurs en médecins et l'afflux des vocations apparentes.

Notons tout d'abord que ces prévisions sont très imprécises ; l'expérience montre qu'elles ne correspondent guère à la réalité. Mais surtout cette cohérence n'est nullement nécessaire : dans un pays riche comme le nôtre, il est au contraire souhaitable que la période de formation laisse place à quelques zigzags. Qu'un futur magistrat, un futur architecte consacre une ou deux années de sa formation à la médecine, ou réciproquement qu'un futur médecin suive des cours de physique ou de philosophie, ce n'est pas du temps perdu, même si dans l'immédiat cela ne paraît pas « rentable ». Cette exploration de voies parallèles peut être source de compréhensions inattendues.

... et en citoyen

Le « message » qu'avait pressenti Bernard Pivot dans un livre rendu illisible par l'excès d'équations n'était guère apparent, mais il existait bel et bien. Malgré un titre peu explicite, *Concepts en génétique des populations*, il s'agissait d'une réflexion à propos de la définition même de l'être humain en tenant compte de sa double source : d'une part la dotation génétique que lui fournit la nature et qui lui permet de devenir un individu, un objet, d'autre part tous les apports de la société dans laquelle s'insère son aventure et qui font de lui une personne, un sujet.

Sans l'avoir prémédité, je me suis trouvé parachuté au cœur de débats politiques fondamentaux dont dépend notre regard sur le citoyen. Une vive controverse venue des États-Unis était à cette époque alimentée par ceux qui, mesures de QI à l'appui, démontraient que l'intelligence des Blancs est supérieure à celle des Noirs. Je suis intervenu, au nom de la lucidité apportée par la génétique, pour démentir ces élucubrations. Cela m'a valu les foudres de groupuscules tels que le Club de l'Horloge, pour qui l'égalité en droit entre les hommes semble constituer le pire danger. À défaut d'arguments, ce club a cru bon de m'attribuer l'injurieux prix Lyssenko ; lorsque la confrontation s'abaisse à de tels procédés, la seule réplique est le mépris. Mais cet épisode m'a montré la nécessité de rester attentif et actif face à de telles divagations. Il ne suffit pas d'accumuler des faits, de décrire au mieux la réalité. Il faut aussi diffuser le plus largement possible cette lucidité et lutter contre les idées toutes faites, parfois même véhiculées par les proverbes. C'est le rôle du système éducatif, mais il ne touche qu'un public restreint.

La violence des attaques que m'ont values mes positions à propos des races ou des dons intellectuels m'a montré qu'il fallait intervenir sur tous les terrains, par l'écrit, par la parole, et aussi, mais je n'y étais guère préparé, par l'action.

J'ai alors découvert la nécessité, pour rester cohérent avec moi-même, de participer aux luttes menées par des organisations qui s'efforcent de réagir face aux injustices de toute nature, par exemple face à l'une des plus visibles et des plus scandaleuses, les conditions de logement de milliers de familles, alors que les appartements vides se comptent à Paris par dizaines de milliers. La petite équipe qui anime l'association Droit au logement a imaginé que la présence physique de quelques personnes connues faciliterait le succès des tentatives de squat qu'elle entreprenait. La méthode s'est souvent révélée efficace. C'est ainsi que l'abbé Pierre, l'évêque Jacques Gaillot, le cancérologue Léon Schwartzenberg et moi étions parmi ceux qui ont occupé un immense immeuble, vide depuis trois ans, rue du Dragon, en plein cœur de Paris ; ce qui a permis de donner un logement à une soixantaine de familles. Les mêmes ont accompagné quelques années plus tard les familles qui, dépourvues non seulement de logement mais de papiers, ont trouvé refuge dans l'église Saint-Bernard. Certes, les forces de l'ordre ont finalement rétabli la légalité en vidant l'église de ses occupants, mais il leur a fallu pour y parvenir provoquer, sous l'œil des médias, un tel désordre que la légitimité de leur action a été mise en doute par beaucoup de nos concitoyens.

Il ne s'agit pas de refuser l'autorité du pouvoir, nous sommes par bonheur en démocratie, mais d'intervenir au quotidien dans le difficile équilibre entre le désordre et les excès de l'ordre.

***

J'ai eu la chance de terminer ma carrière universitaire marquée par plusieurs zigzags dans des conditions particulièrement agréables à l'université de Lugano où venait d'être créée une nouvelle académie d'architecture. Le responsable du programme, l'architecte Mario Botta, auteur entre autres de la cathédrale d'Évry, m'a demandé d'y donner un cours d'*umanistica* ; il s'agissait de proposer aux élèves de première année de « réfléchir à l'homme avant de réfléchir aux bâtiments ». Que reste-t-il de mes exposés sur l'évolution ou de mes descriptions d'isolats africains dans la vision du monde de ces architectes que sont devenus mes étudiants quand ils exercent leur art ? Je l'ignore. Mais je suis sûr que leurs interrogations sont un peu nourries par le regard sur l'humain que je leur ai proposé.

Maintenant que les fameuses « limites d'âge »

m'interdisent l'accès à des charges de cours, je continue à « aller à l'école » sous des formes non standard, en allant réfléchir tout haut devant des écoliers, devant des enseignants ou devant un public composé souvent de militants. Mais, surtout, les émissions quotidiennes que m'a proposé de faire France Culture me permettent de m'exprimer devant un auditoire autrement plus vaste qu'à l'université. En enregistrant ces « capsules » – comme l'on dit au Québec – de quatre minutes, je me sens dans la position d'un maître d'école. Passant chaque jour d'un sujet à un autre, je me rapproche du rythme des collégiens qui, chaque heure, passent du français aux mathématiques, de l'anglais à la physique. Cette gymnastique est peut-être un moyen de lutter contre le vieillissement.

Au terme de cet effort de mémoire, je constate une évidence : de tous les personnages qui me constituent, celui qui gère mes rapports avec l'école a toujours été très occupé. D'autres sont simultanément intervenus, entrelaçant avec lui leurs actes, leurs émotions, leurs préoccupations, leurs décisions ; tous ont été marqués par mes épisodes scolaires. Ainsi Alix et nos trois fils m'ont accompagné à Palo Alto durant mon année californienne. Je n'étais alors pas seulement celui qui est intégré comme chercheur à une université mais aussi, à vrai dire surtout, celui qui participe avec sa famille à des rencontres inoubliables. De même, mes engagements dans la société ont été orientés par les évidences que m'apportait la réflexion sur la génétique ; comment ne pas participer au combat contre le racisme quand on constate l'impossibilité de définir les races humaines ? Comment surtout accepter le sort fait aux plus démunis lorsque l'on a compris l'unité fondamentale de l'humanité ?

En proposant aujourd'hui quelques réflexions sur l'organisation de notre société, je m'efforce à l'objectivité, mais elles sont nécessairement le reflet des expériences que j'ai vécues. Certaines sont lointaines et les structures ont peut-être beaucoup plus changé que je n'en ai conscience depuis cette époque. Mais mon propos n'est pas de critiquer la réalité d'aujourd'hui ; il est d'imaginer pour demain une humanité compatible avec la singularité de notre espèce et avec les contraintes de notre planète.

Singularité humaine

Une utopie qui se borne à décrire un rêve irréalisable est plus néfaste qu'utile ; le fossé entre le réel vécu dans l'instant et le souhaitable imaginé pour plus tard apparaît définitivement infranchissable. Tous les abandons sont alors justifiés, tous les projets se heurtent à la lâcheté des « À quoi bon ? ».

Elle peut être au contraire un facteur de renouveau, être à l'origine d'une dynamique, si elle est reçue en suscitant un « Pourquoi pas ? ».

Même lorsqu'elle évoque un avenir insolite et lointain, elle doit décrire le chemin qui permet de l'atteindre ; son point de départ ne peut donc être qu'un regard lucide sur la réalité telle qu'elle est perçue aujourd'hui.

Mon ambition dans ces pages est d'imaginer une société plus apte que la nôtre à favoriser l'épanouissement des humains ; il faut donc d'abord répondre à quelques questions : « Qu'est-ce qu'un humain ? » « De quoi est-il capable ? » Commençons par évoquer les éléments de réponse que peut fournir la science lorsqu'elle décrit notre espèce et reconstitue son histoire.

L'évolution des êtres vivants fait désormais partie des évidences. Certes quelques sectes intégristes d'Amérique du Nord refusent de s'écarter d'une interprétation littérale de la Bible, et admettent que toutes les espèces, y compris la nôtre, sont restées telles que sorties des mains du Créateur. Cependant les preuves accumulées en faveur de leur transformation tout au long de l'histoire de la planète sont si convaincantes que cette évolution n'est plus considérée comme une théorie mais comme un fait, un fait aussi patent que le mouvement de la Terre autour du Soleil.

Les vivants d'aujourd'hui, quels qu'ils soient, du plus fruste au plus complexe, sont les aboutissements d'arbres généalogiques qui décrivent la différenciation des espèces à partir d'une origine commune. Les discussions restent vives sur les mécanismes qui sont intervenus pour provoquer et orienter cette évolution, mais celle-ci n'est pas sérieusement remise en question. Rappelons quelques événements définissant les principales étapes du cheminement qui a abouti à notre présence.

De la reproduction à la procréation

Le point de départ a été, il y a plus de trois milliards et demi d'années, l'apparition d'une molécule, l'ADN.

La planète Terre était formée depuis un milliard d'années. Elle s'était suffisamment refroidie pour que l'eau soit à l'état liquide, mais les océans étaient encore très chauds ; soumis à de tumultueuses tempêtes, à de violents orages, recevant des torrents de lave déversés par les volcans, ils étaient un milieu en effervescence semblable à une cornue d'alchimiste. Ce bouillonnement était propice à la réalisation d'assemblages moléculaires nouveaux qui se révélaient parfois capables de performances inédites. Mais cette agitation provoquait un jour la destruction des structures qu'elle avait produites la veille. Le passage du temps était, à la longue, aussi destructeur que créateur.

Ce jeu, globalement stérile, s'est poursuivi jusqu'à l'apparition de l'ADN, seule molécule susceptible de s'opposer aux conséquences destructrices de ce pouvoir. Cette performance inouïe ne résulte d'aucun mystère ; elle est la conséquence de sa structure qui lui permet de se dédoubler, de se recopier elle-même à l'identique, c'est-à-dire, comme l'on dit aujourd'hui, de se cloner. Cette capacité est due aux propriétés de quatre assemblages d'atomes, les « bases », composées chacune de quelques dizaines d'éléments. Elles sont désignées par les initiales A, T, C, G de leurs noms scientifiques.

Comme toutes les structures chimiques, ces ensembles interagissent les uns avec les autres en manifestant des répulsions ou des attractions. Il se trouve que ces réactions ont pour effet de disposer ces bases selon deux brins équivalant aux deux montants d'une échelle, dont les barreaux sont les couples A-T et C-G. Le mécanisme de la duplication consiste simplement en une séparation des deux brins et la reconstitution par chacun de son complémentaire. Cette capacité d'auto-clonage permet à la molécule ADN de déjouer les événements qui menacent de la faire disparaître. Semblable à un livre qui saurait se photocopier lui-même, elle rend indestructible l'information qu'elle porte. Apparue durant les premières phases de l'histoire de la planète, elle est toujours présente. Son introduction dans la panoplie des innombrables structures chimiques réalisées par la nature a véritablement donné le coup d'envoi d'une séquence de phénomènes peut-être uniques dans le cosmos.

À notre connaissance, ce pouvoir de clonage est l'apanage de l'ADN. Cependant, la nature, si prolifique en essais de tout genre, aurait fort bien pu produire des ensembles d'atomes qui auraient été différents des bases A, T, C et G, mais auraient été dotés de comportements semblables, aboutissant à la capacité décisive : se reproduire. Il semble que cette possibilité n'ait pas été explorée, ou n'ait pas jusqu'ici abouti. Cependant, ce constat donne des idées : pourquoi ne pas faire nous-mêmes ce que la nature n'a pas encore accompli ? Il suffirait de synthétiser quelques molécules capables de s'associer entre elles en formant des doubles brins, eux-mêmes capables de se répliquer. Certains laboratoires tenteraient d'avancer sur cette piste. C'est le support même de ce qu'on appelle la vie qui deviendrait un objet entre nos mains.

Les réactions entre l'ADN et les structures chimiques qui l'entourent provoquent la composition d'ensembles qui, grâce à la présence en eux de cette molécule, sont capables, eux aussi, de lutter contre le temps ; leur arme dans ce combat est la capacité de *reproduction*. On les classe dans la catégorie des « êtres vivants », mais cette référence au concept indéfinissable de *vie* n'est guère nécessaire ; il suffit de les caractériser par la présence en eux de la molécule ADN.

Cette capacité leur a permis de se multiplier et, parfois, grâce à leur nombre, de modifier certaines caractéristiques de leur milieu. Tel a été le cas de la couche d'ozone, qui n'existait pas lors de la formation de la Terre : elle a résulté des métabolismes mis en place par nos lointains ancêtres, les algues bleues. Cette couche a alors fourni une protection contre les radiations ultraviolettes et permis aux vivants de sortir des océans ; ils en ont profité pour se répandre sur la quasi-totalité de la planète. Le déroulement de leur aventure a ainsi été modifié par les conséquences de leurs propres actions.

Cependant, cette performance « un devient deux », si elle apporte du nombre, ne procure que rarement de la nouveauté. Le monde où l'on se reproduit est un monde où l'on s'ennuie. Seules les erreurs de copie, autrement dit les mutations, permettent de lutter contre l'uniformité ; elles sont rares.

Heureusement, un procédé de transmission des informations fondé sur une tout autre logique est apparu, il y a sans doute moins d'un milliard d'années. La reproduction, qui permet à un être d'en fabriquer deux identiques, a été remplacée, dans certains cas, par la *procréation*, qui permet à deux êtres de s'associer pour en produire un troisième : « deux produit un ». L'avantage de ce procédé est de faire apparaître, en routine, des êtres nouveaux. En effet, un tirage au sort intervient : l'être procréé reçoit une moitié de la dotation de chacun des deux géniteurs, et cette moitié est désignée par un processus faisant intervenir le hasard.

L'aléa est alors devenu le maître du jeu. L'objet réalisé a été tiré au sort parmi une collection innombrable de possibles. Chacun d'eux a eu sa chance. Du coup, les êtres produits ont été le plus souvent inédits : au lieu de se contenter de répéter, de multiplier les exemplaires d'un même modèle, la nature a systématiquement innové, car elle a profité de la richesse pratiquement sans limites des combinaisons. Sous les formes les plus étranges, végétaux, champignons, animaux se sont répandus, dans l'eau, sur la terre et dans les airs ; ils ont pris possession de la planète en s'adaptant aux conditions les plus extrêmes.

Il n'est pas excessif de considérer la mise au point de la procréation comme le second événement clé de notre histoire. À partir de cette invention, tout se passe comme si l'imagination était au pouvoir. Fruit d'une loterie au résultat imprévisible, chaque individu réalisé est nouveau. Le monde où l'on procrée n'est plus un monde où l'on s'ennuie mais un monde où l'on s'étonne, où l'on va de surprise en surprise.

Tout en explorant systématiquement des cheminements évolutifs multiples, les êtres vivants ont conservé quelques traits qui apportent la preuve de l'origine commune de leurs arbres généalogiques. L'argument le plus décisif en faveur de cette unité est le constat que le code génétique est le même pour tous ; ce code assure la liaison entre la succession des bases présentes sur la molécule ADN et la succession des acides aminés constituant les protéines. La correspondance qu'il effectue est arbitraire, elle pourrait être autre. On constate qu'elle est en fait identique pour toutes les espèces si éloignées soient-elles, qu'elles soient classées dans la catégorie des bactéries ou dans celle des primates.

L'histoire de l'ensemble du monde vivant est aujourd'hui assez bien connue. Les principales branches des arbres représentant leur filiation ont, dans un premier temps, été reconstituées en tenant compte des caractéristiques apparentes ; maintenant, elles le sont en fonction des dotations génétiques. La comparaison de celles-ci permet de calculer des « distances génétiques », d'autant plus grandes que ces espèces se sont séparées depuis plus longtemps. On peut ainsi évaluer à cinq millions le nombre d'années écoulées depuis la séparation des lignées évolutives qui ont conduit l'une au chimpanzé l'autre à *Homo*, à dix millions d'années la séparation des gorilles et de *Homo*.

La place des humains

Dans cette fabuleuse saga, c'est évidemment la séquence menant jusqu'à nous qui nous passionne le plus. Qu'a donc de particulier le parcours de l'évolution qui a conduit à notre espèce ?

En fait, notre dotation génétique apparaît bien banale. Il a été récemment possible de compter le nombre des gènes qu'elle contient : il a fallu constater que ce nombre (moins de quarante mille) ne nous place, dans le palmarès de la richesse en gènes, qu'à une position très modeste. Il nous faut chercher ailleurs des raisons de nous émerveiller.

On peut les trouver dans notre capacité à nous dresser sur nos pattes arrière, mais ce n'est qu'un faible sujet d'orgueil. Plus impressionnant est le constat du contenu de notre système nerveux central. Comparé à celui de nos cousins les plus proches, les chimpanzés, notre cerveau est effectivement beaucoup mieux nanti. Le nombre de ses cellules, les neurones, est de l'ordre de cent milliards, c'est-à-dire quinze ou vingt fois plus que chez les chimpanzés.

Cependant, cette richesse, qui peut justifier notre enthousiasme, a initialement été un handicap, car elle s'accompagne d'une incohérence de la nature : le crâne du bébé prêt à naître est volumineux, mais le bassin de la mère, par où il doit sortir, est étroit. Le passage serait impossible si la naissance ne se produisait prématurément. Le cerveau est alors très incomplet, les cellules sont en place mais seule une faible partie des connexions le sont ; sa construction doit être poursuivie après la naissance, beaucoup plus longtemps chez *Homo* que chez les primates. Pour un chimpanzé, la capacité crânienne représente à la naissance plus de soixante pour cent de celle de l'adulte ; pour *Homo* cette capacité initiale est multipliée par quatre de la naissance à la puberté.

À cause de cette limitation de son développement prénatal, imposée par les dimensions de sa mère, le bébé humain ne dispose à la naissance que de capacités très médiocres pour lutter contre un environnement souvent hostile ; sa fragilité diminue considérablement ses chances de survie. Il se trouve que la sélection naturelle n'a pas été trop sévère, mais l'obligation de sortir du ventre maternel dans cet état excessivement précoce aurait pu entraîner la fin de notre espèce.

Une fois franchie la période périlleuse qu'est la naissance, le cerveau peut poursuivre sa construction sans contrainte d'espace. Cet achèvement consiste surtout en une multiplication des connexions entre les neurones, sous la forme de synapses. Leur nombre total à l'âge adulte est de l'ordre du million de milliards, nombre fabuleusement élevé dont l'importance est occultée par notre façon de l'écrire au moyen de seulement quinze chiffres (et surtout par sa formulation mathématique avec seulement quatre chiffres, « 10^{15} »). Un constat permet de mieux prendre conscience de cette prodigieuse réalité : la mise en place du réseau des connexions entre neurones est réalisée pour l'essentiel durant l'enfance, soit en une quinzaine d'années ou cinq cents millions de secondes ; le rythme moyen décrivant l'activité incessante de ce chantier intérieur est donc la mise en service de deux millions de synapses à chaque seconde.

Quels sont les maîtres d'œuvre de cette construction ? Qui fournit les plans permettant de mettre chaque élément à sa juste place ? Deux sources peuvent être évoquées : d'une part, les instructions contenues dans la dotation génétique qui a été rassemblée lors de la conception ; d'autre part, les informations apportées par l'environnement, y compris l'organisme maternel durant la gestation ; autrement dit, d'une part, la nature, d'autre part, l'aventure.

Nous l'avons vu, notre dotation génétique est étonnamment pauvre. Les données élémentaires figurant sur la feuille de route reçue par l'embryon (et qu'il recopie dans le noyau de chacune des cellules que produit son organisme) se comptent en dizaines de milliers ; or c'est en millions de milliards, infiniment plus, que se chiffrent les décisions à prendre pour mettre en place l'extraordinaire labyrinthe que constituent les connexions du système nerveux central. Les instructions génétiques ne peuvent donc intervenir que pour une proportion infime de ces décisions. Elles ne peuvent définir que l'architecture globale, sans préciser le détail de ce réseau. Celui-ci est spécifié peu à peu par son fonctionnement même ; il est donc pour l'essentiel le fruit du hasard. Quelle qu'en soit la source, constatons que notre espèce est pourvue d'une richesse cérébrale justifiant de lui attribuer une place particulière dans l'ensemble des vivants.

Cette richesse a en effet rendu possibles des performances inédites que l'on regroupe sous le terme « intelligence », et cette intelligence nous a permis de ne pas subir passivement notre destin. Nous avons été capables de faire bifurquer notre aventure. Il n'est donc pas excessif de voir dans l'apparition de ce pouvoir le troisième événement majeur de l'histoire de la Terre.

Conquête de l'autonomie

Tout, dans le cosmos, les êtres vivants comme les objets inanimés, ne peut que s'incliner devant les forces de la nature. Du moins est-ce là l'hypothèse de base de l'attitude scientifique. Certes, il n'est pas déraisonnable d'admettre que les événements dont nous sommes témoins sont le résultat de la volonté d'un Être suprême qui a créé l'univers, a défini les grandes forces qui s'y exercent et intervient encore, en Maître tout-puissant, dans la succession des faits. Pourquoi pas ? Mais cette hypothèse ne peut, par définition, être démontrée ni vraie ni fausse. Étant irréfutable, elle ne fait pas partie du domaine de la science.

Celle-ci s'efforce d'expliquer les faits observés en admettant qu'ils résultent d'un rapport de causalité ; ceux survenant à l'instant t résultent de l'état du monde à cet instant et au cours des instants précédents, mais non de son état ultérieur. La causalité ne remonte pas le temps. Demain n'existe pas. À chaque instant, chaque élément du cosmos fait ce qu'il ne peut pas ne pas faire, il est soumis aux interactions auxquelles il participe.

À l'opposé de cette soumission générale, les humains ont inventé que demain existera et ils ont tenté de mettre le présent au service du futur. Alors que tout s'inclinait devant la nécessité, ils ont su parfois dire non.

Certes, les algues bleues ont autrefois modifié le contenu de l'atmosphère et créé une couche d'ozone protectrice ouvrant ainsi un nouveau domaine aux vivants, mais ce résultat, si important pour la suite des événements, n'a été qu'une conséquence involontaire de leurs métabolismes. Notre espèce a manifesté un comportement radicalement autre ; elle a été capable de penser à l'avenir et d'en tenir compte pour orienter le présent.

La lutte contre la mort des enfants en est le plus

bel exemple. Dans les conditions naturelles, celles que subissaient nos ancêtres du paléolithique, séparés de nous par à peine un millier de générations, la probabilité pour un bébé d'atteindre son premier anniversaire était inférieure à une chance sur deux. Parvenir à l'âge procréateur était alors un exploit (ou plutôt une chance) réservé à une petite minorité. Pour les collectivités humaines, le passage du témoin d'une génération à la suivante n'était pas assuré ; la poursuite de l'aventure de notre espèce a longtemps été menacée. Il est fort probable que, si nous n'étions pas intervenus en prenant nous-mêmes en main notre sort, l'histoire de la branche *Homo* des primates n'aurait pu se poursuivre. Elle n'aurait été qu'une impasse, comme il y en a eu tant dans l'histoire de l'évolution.

Mais nous avons su déjouer les pièges de la nature. Aujourd'hui, dans les pays développés, la quasi-totalité des bébés atteignent l'âge adulte. Notre présence actuelle sur la planète est donc le résultat de notre capacité à comprendre les processus qui se déroulent autour de nous et en nous, et de notre efficacité à les transformer. En nous dotant d'un cerveau hors norme, la nature nous a fourni le moyen de modifier son œuvre ; produits par elle, nous avons été capables de lutter contre elle pour tracer notre propre voie. Apparemment, elle n'a fait ce cadeau qu'à nous.

Cependant, les performances de compréhension et d'action, dont nous sommes chacun capable grâce à notre intelligence, ne sont pas nécessairement celles qui ont été les plus décisives pour le déroulement de l'histoire de notre espèce. Nos réussites individuelles sont admirables, certes, mais elles ne doivent pas occulter notre chef-d'œuvre en cours d'élaboration : la communauté humaine. C'est en décrivant cette communauté que nous serons face à ce qui contribue, plus que toute autre caractéristique, à faire de notre espèce un cas singulier. Il est utile auparavant d'insister sur le concept d'interdépendance.

Interdépendance

Quel que soit l'objet que nous étudions, nous ne pouvons le décrire que par ses interactions avec d'autres objets. Toute caractéristique introduite dans cette description n'a de sens qu'en fonction des liens qu'elle crée avec d'autres objets. Isolé, réduit à lui-même, un élément quelconque de l'univers ne peut être représenté par des mots, car ceux-ci expriment des concepts liés à des interdépendances. Ainsi la masse d'un objet ne peut être définie que par la force gravitationnelle qui apparaît lorsqu'il est mis en présence d'une autre masse ; elle est révélée par une interaction. L'affirmation souvent proposée : « Je suis les liens que je tisse », n'est pas seulement vraie pour les êtres humains, elle est valable pour tout élément du cosmos ; il ne peut être pensé hors du tissu des interactions.

Pour prendre la mesure de cette dépendance, pour s'imprégner de l'évidence que chaque chose est reliée à plus qu'elle, il suffit de méditer quelques instants devant un pendule de Foucault, tel celui qui est pendu sous la coupole du Panthéon. Nous sommes fascinés par le mouvement de cette boule qui va et vient en restant dans un plan rigoureusement fixe. Notre trouble est grand lorsque nous comprenons que la fixité de ce plan n'est pas définie par la Terre ; elle résulte de l'influence sur la boule de l'ensemble des masses disséminées dans l'univers.

La Terre fait, bien sûr, partie de cet ensemble ; c'est grâce à la pesanteur qu'elle exerce sur la boule que celle-ci poursuit son va-et-vient, monte et descend en gardant constante la somme de deux énergies, l'énergie potentielle et l'énergie cinétique mesurées toutes deux par rapport à la Terre. Mais celle-ci n'est qu'un élément insignifiant dans l'ensemble cosmique, son influence est trop faible pour entraîner dans sa rotation le plan du pendule. Dans le repère global constitué par le cosmos lui-même, la Terre tourne, le Panthéon tourne, moi qui suis fasciné par cette boule je participe à ce mouvement ; mais le plan du pendule, lui, ne tourne pas. Les forces qui s'exercent sur lui peuvent être qualifiées sans excès de « cosmiques », car elles résultent des attractions gravitationnelles opérées par la totalité des objets dotés d'une masse, où qu'ils soient dans l'univers, y compris les étoiles ou les galaxies les plus lointaines. L'univers entier manifeste son existence sous la coupole du Panthéon et maintient constant, dans le repère qu'il constitue, le plan de l'oscillation. Le mouvement propre de la Terre n'a, de ce point de vue, qu'un effet négligeable ; elle tourne sur elle-même, entraîne le Panthéon, nous entraîne nous-mêmes, mais n'entraîne pas le plan du pendule.

Nous ne pouvons expliquer ce comportement, qui aurait donné définitivement raison à Galilée dans son conflit avec le Vatican, qu'en tenant compte de l'ensemble de l'univers. Si nous bornions notre champ d'investigation à la planète, nous ne pourrions pas comprendre pourquoi ce plan, justement parce qu'il est fixe, semble se déplacer par rapport à la Terre.

Il ne s'agit, dans le cas du pendule, que de la dépendance provoquée par la gravitation, ce pouvoir qu'ont tous les objets dotés d'une masse de s'attirer d'un bout à l'autre du cosmos ; elle crée entre eux des liens manifestés par des forces. Cette dépendance nous impressionne car elle met en cause l'univers. Ce n'est là pourtant qu'une interaction fort simple. Infiniment plus complexes peuvent être les effets des influences réciproques, des dépendances enchevêtrées, qui se manifestent au sein d'un ensemble dont les éléments sont porteurs de caractéristiques multiples, sources d'interactions variées, tels les êtres humains.

Pour expliquer le comportement du pendule,

nous avons fait référence à l'influence du tout (le cosmos) sur une de ses parties (la boule). Pour expliquer les comportements humains, pour espérer les modifier, il nous faut de même comprendre le rôle de la communauté créée par leurs rencontres.

Rencontres entre humains

Les interactions qui nous définissent ne sont pas seulement celles qui nous lient, comme tout objet, aux autres éléments de la nature, permettant par exemple de mesurer notre poids. La singularité cérébrale de notre espèce a fait apparaître des liens d'une tout autre nature, qui lui sont propres. Nos performances intellectuelles nous ont notamment permis de mettre au point des moyens de communication d'une efficacité infiniment supérieure à celle des procédés dont disposent nos cousins animaux. Tout au long de la construction de l'humanité par elle-même, la mise en place de ces moyens a permis de multiplier les rencontres et d'en enrichir le contenu.

Le langage, sous toutes ses formes, a été le plus puissant de ces moyens. Nous avons été aidés dans sa mise au point par une malformation naturelle apparemment anecdotique et qui a peut-être eu des conséquences décisives, la position du larynx.

Chez les primates, cette cavité est située très haut derrière la gorge, ce qui a l'avantage de permettre de boire et de respirer simultanément, mais elle n'offre que des possibilités très limitées de modulation des sons. Au cours de l'évolution, qui a mené des primates à nous, le larynx est descendu, de même qu'il descend chez le jeune humain actuel au cours de son développement de la naissance à la puberté. Chez *Homo erectus*, il y a un million et demi d'années, il était dans la même position que chez un enfant actuel de huit ans ; il faut attendre *Homo sapiens*, il y a cent cinquante mille ans, pour qu'il soit dans la position qu'il a chez l'homme adulte d'aujourd'hui. Cette position permet de moduler finement les vibrations de l'air qui vient des poumons et qui traverse les cordes vocales. Un langage articulé est rendu possible, qui donne à nos rencontres une portée nouvelle.

Que ce soit par l'entremise des sons ou par le recours à d'autres outils de communication, constatons que nous pouvons désormais non seulement échanger des informations, mais transmettre à nos interlocuteurs l'essentiel de ce qui se passe en nous. Nous pouvons partager les émotions et les bonheurs, les angoisses et les espoirs. Nous pouvons même échapper à la prison du temps en évoquant l'avenir, en échafaudant des projets et en les proposant aux autres. Bien au-delà des mots, des liens de toute nature sont créés par ces rencontres ; ils mettent en place une interdépendance des activités intellectuelles si intense que chaque humain ne peut être défini que par le réseau auquel il participe.

La simple force de gravitation suffit pour rendre un pendule de Foucault dépendant de l'ensemble des masses de l'univers. Son comportement ne peut être expliqué qu'en faisant référence au cosmos dans sa totalité. Les multiples liens qui sont tressés entre les humains sont infiniment plus puissants ; leur ensemble enchevêtré tisse un réseau de dépendance tel que chaque humain ne peut être compris, ne peut même être décrit, sans référence à la communauté humaine dont il est un élément. *La définition de chacun inclut les autres.*

Un extraterrestre soucieux de décrire « scientifiquement » notre espèce et emportant un exemplaire d'*Homo sapiens* dans son lointain laboratoire pourra tout savoir sur les métabolismes qui se déroulent dans l'organisme de cet humain. Il pourra même découvrir quelques particularités anatomiques ou chimiques qui différencient cet *Homo* des autres animaux. Il ne pourra cependant avoir accès à ce qui fonde réellement sa singularité, sa capacité à devenir lui-même grâce aux rencontres ; cette performance essentielle ne peut être constatée par l'observateur qui étudierait un individu en l'isolant de sa communauté.

Comme tout être vivant, un humain reçoit de la nature lors de sa conception, à la façon d'un enfant qui reçoit un jouet nouveau, des instructions de montage et un mode d'emploi. La particularité de notre espèce est que ces informations sont étrangement lacunaires, elles ne contiennent qu'une infime partie des indications nécessaires.

L'univers nous a faits, mais tout se passe comme si, ayant réussi son chef-d'œuvre local – à la fois dans l'espace et dans le temps –, il s'était défaussé sur nous de la rédaction du mode d'emploi.

Finition collective

Cette absence d'instructions précises est, nous l'avons vu, évidente pour la finition de notre système nerveux central. Il n'est au départ qu'un chaos comportant un nombre fabuleux de connexions aux fonctions aléatoires. C'est son fonctionnement qui fait apparaître peu à peu des circuits permettant le jeu d'une intelligence en action. Ce fonctionnement est initialement alimenté, comme pour tous les animaux, par les données fournies par les sens. Mais les couleurs et les sons, les odeurs, les goûts et les caresses n'apportent pas une nourriture à la mesure des besoins de cette prodigieuse machine. Très peu de neurones (à peine un sur plusieurs milliers) sont directement liés aux organes des sens. D'autres sources sont nécessaires, elles nous sont offertes par la rencontre de l'activité intellectuelle des autres. C'est cette rencontre qui nous permet de structurer, de rendre fonctionnel notre propre outil cérébral.

Renversement des rôles, cet outil, qui a permis un début d'interdépendance entre les individus, est devenu le produit des liens qu'il a provoqués. L'émergence de la pensée a été permise par la mise en place de ce réseau ; œuvre des humains, il leur apporte une richesse qu'aucun d'eux ne pouvait imaginer seul et dont chacun peut profiter.

Par le langage, rendu peu à peu efficace depuis plus de cent mille ans, nous avons rendu poreuse la frontière entre le lieu de la pensée de l'un et le lieu de la pensée de l'autre. Les cheminements intérieurs de chacun ont pu féconder les réflexions des autres et être fécondés par elles.

Par l'écriture, élaborée il y a quelque six mille ans, nous avons mis les expériences individuelles hors d'atteinte de l'oubli, nous les avons délocalisées dans le temps, mises à la disposition de ceux qui, plus tard, les liront. La pensée du lecteur à l'instant où il lit un texte se nourrit de la pensée de l'auteur à l'instant où, il y a longtemps peut-être, il l'écrivait ; tout se passe comme si elles étaient contemporaines. Le décalage dans le temps est annulé, ou plutôt la concordance des temps est rétablie.

Par l'utilisation de l'électricité puis des ondes hertziennes, découvertes il y a un siècle, nous pouvons transmettre nos pensées partout, instantanément ; nous les avons délocalisées dans l'espace, rendues présentes simultanément en tous lieux. Le décalage dans l'espace est annulé, ou plutôt l'ubiquité est obtenue.

Par toutes ces novations, nous avons donné une signification nouvelle au constat d'Érasme : « On ne naît pas homme, on le devient. » Et ce devenir s'étend sur la durée entière d'une vie, il n'est jamais totalement accompli. Pour un humain, être c'est devenir.

N'est-ce pas ce qui avait déjà été formulé par la Bible ? Interrogé par Moïse, Dieu répond : « Je suis celui qui suis. » Cette traduction est, paraît-il, trompeuse, car cette phrase aurait été, dans le texte initial, conjuguée dans un temps qui n'existe pas dans notre langue, non pas le présent mais l'*inaccompli*, un temps qui s'identifie à un devenir. De la même façon, il nous faut conjuguer à l'inaccompli notre description de l'humain. Proposer une utopie, c'est participer à la dynamique de cet accomplissement jamais atteint.

***

Certains théologiens proposent, paraît-il, comme définition de Dieu, un « vide en attente ». Cette définition est, à la réflexion, moins paradoxale qu'il ne semble. Elle incite à voir en l'humanité une espèce en attente, non pas de cadeaux venus d'ailleurs mais de transformations voulues et réalisées par elle-même.

Finalement, la singularité de chaque humain se situe moins dans ce qu'il a reçu de la nature que dans l'usage qu'il a été capable d'en faire en participant à la communauté humaine. L'histoire de cette communauté est celle d'un lent éloignement de son statut initial ; peu à peu échappée de la prison des déterminismes aveugles qui gèrent l'univers, elle a commencé à faire de ces geôliers ses esclaves.

Une accélération de cette dérive vient de se produire grâce à l'élaboration des moyens nouveaux de connaissance et de rencontre qu'elle s'est donnés récemment. Ces progrès la mettent face à des choix inédits, face à la nécessité de se proposer à elle-même une utopie.

Dans un univers qui ignore l'avenir, qui ne peut donc avoir de finalité, les êtres vivants donnent l'impression par leur comportement d'avoir un objectif : durer. La faim les incite à se nourrir, le désir sexuel à engendrer la génération suivante. Mais ce n'est pas la manifestation d'une volonté, ce ne sont que des ruses de la nature qui ont pour effet de prolonger l'espèce.

Contribuer pour notre espèce à un objectif semblable n'est pas dérisoire ; mais pour nous qui avons découvert l'existence future de l'avenir, durer n'est pas suffisant. Nous avons besoin de plus, car nous savons que le terme de cette durée est nécessairement la disparition. Dans quelques milliards d'années, la mort du Soleil engloutira la planète ; aucune fuite n'est possible.

La fin de l'aventure est déjà programmée, mais les chapitres qui nous séparent de la dernière page ne sont pas encore écrits. Qui le fera sinon nous !

Réinventer l'éternité

Il me souvient d'une brève rencontre avec Théodore Monod. J'étais allé le chercher chez lui pour l'emmener à une manifestation. J'en ai oublié l'objet. Chemin faisant, je lui faisais part de ma révolte : passe encore que je sois mortel, mais que l'humanité puisse disparaître avec la fin du système solaire, comme nous l'annoncent les astrophysiciens, c'est là le vrai scandale ! De tous les chefs-d'œuvre produits par la pensée, par l'intelligence, par l'art, de toutes les créations que nous avons ajoutées au monde, après nous il ne restera rien. Comment accepter que le passage de notre espèce ne soit qu'un épisode insignifiant dans l'histoire d'un univers qui nous a faits et qui nous ignore ? Pourquoi prendre la peine de faire un projet pour l'aventure humaine puisqu'elle ne peut aboutir qu'au néant ?

Théodore Monod formulait l'interrogation autrement. La mort du Soleil sera, dans quatre ou cinq milliards d'années, l'aboutissement naturel de processus déjà entamés. Mais, bien avant, nous aurons fort probablement disparu, car aucune espèce n'a jamais duré plus de quelques centaines de millions d'années. Seule consolation, ajoutait-il en manière de boutade, notre rôle de figure de proue locale de l'intelligence et de la conscience sera sans doute repris par un autre groupe d'êtres vivants. Selon lui, les céphalopodes seraient les plus dignes de nous succéder. Ces pieuvres avaient devant elles un bel avenir, contrairement à ce qu'imaginait l'ignorant que j'étais. Certes, au bout du compte, la fin de la conscience n'en était pas moins inéluctable. Raison de plus pour faire des projets sans attendre !

À l'angoisse de la disparition, certaines sectes – ainsi les Témoins de Jéhovah – proposent un remède qui, à la réflexion, est pire que le mal : elles admettent que quelques élus recevront l'immortalité en partage et prolongeront sans fin l'aventure humaine. On peut imaginer que les bénéficiaires de cette forme d'éternité éprouveraient en recevant ce cadeau une satisfaction sans bornes. Mais bientôt les conséquences lointaines de ce sort envié leur apparaîtraient insupportables : un jour, les proches qu'ils aiment disparaîtront ; un jour les montagnes qu'ils contemplent seront érodées, elles ne seront plus qu'une plaine monotone ; un jour le Soleil sera éteint ; et eux seront sans recours, condamnés à ne pas mourir. Aucune peine n'est aussi infernale. Vivre longtemps, oui, mais surtout pas sans fin. L'impossibilité définitive d'atteindre cette fin créerait une angoisse plus effroyable que celle de son inexorable approche.

Plus déraisonnable encore est l'affirmation du *Catéchisme de l'Église catholique* pour qui l'Homme a été créé immortel et est devenu mortel par le péché : « L'homme aurait été soustrait à la mort corporelle s'il n'avait pas péché », est-il étrangement affirmé par l'encyclique *Gaudium et Spes*, publiée lors du concile Vatican II. Il faudrait alors admettre que l'origine de notre espèce a été différente de celle des autres vivants, ce qui n'est guère compatible avec l'évidence de l'évolution de toutes les espèces, la nôtre comprise, à partir d'une origine commune. Cette hypothèse est également en contradiction avec la finitude de la planète : comment celle-ci pourrait-elle supporter indéfiniment l'accumulation des générations ?

Ce n'est pas par un prolongement sans fin de la vie que peut être satisfait notre besoin d'éternité. Il faut chercher dans une autre direction. Elle peut nous être suggérée par l'étrange choix que nous propose le dictionnaire pour définir ce mot. Selon *Le Robert*, l'éternité peut être définie de deux façons : ou bien – éternité numéro un – elle est une durée qui n'a ni commencement ni fin (c'est la définition adoptée pour évoquer l'éternité de Dieu), ou bien – éternité numéro deux – elle est une durée qui a un commencement mais pas de fin (c'est ce que proposent certaines religions, notamment celle qui a bercé mon enfance, dans leur description de l'âme). Pourquoi ne pas accepter la troisième possibilité que cette distinction suggère, mais qui n'a pas encore été proposée – éternité numéro trois –, une durée qui aurait une fin mais pas de commencement ?

Pour explorer cette piste, il est utile de passer en revue les bouleversements que la science a apportés depuis un siècle à notre regard sur le temps.

Les temps diversifiés

Pour décrire les transformations qui se produisent dans le cosmos, les scientifiques introduisent dans les raisonnements le concept de temps qu'ils représentent classiquement par la lettre t. Cette formulation camoufle un flou de la pensée : quelle grandeur réelle est mesurée par ce paramètre ?

Ce qu'a apporté de plus révolutionnaire la théorie de la relativité restreinte proposée par Albert Einstein en 1905 est le constat que le temps et l'espace forment un ensemble indissociable. Pour comprendre l'importance de cette vision nouvelle, analysons le processus par lequel ces notions d'espace et de temps se sont créées dans notre esprit et ont participé à notre compréhension du monde.

Nous avons regardé nos mains, nous nous sommes amusés à les bouger, nous avons cherché à agripper des objets ; nous avons constaté que ceux-ci étaient situés dans un *espace* dont il nous fallait nous accommoder ; la notion de distance s'est imposée à nous lorsque nous avons désiré toucher, saisir, provoquer un contact avec les choses. Nous ne savions pas encore compter jusqu'à trois que nous avions déjà construit dans notre esprit un modèle à trois dimensions de l'espace qui nous entourait.

En ce qui concerne le *temps*, le cheminement a été d'une tout autre nature. Nous avons été témoins d'événements et ceux-ci ont été perçus de telle façon que notre esprit a pu les classer en fonction d'un critère simple, l'ordre dans lequel ils s'étaient manifestés, l'un avant, l'autre après. Nous avons interprété cette succession comme constitutive d'un « temps ». Mais quel rôle attribuons-nous au concept caché derrière ce mot ? Le temps est-il préexistant aux événements ? Est-il semblable à une toile de fond indépendante, se déroulant continuellement et devant laquelle le monde réel exhibe l'une après l'autre ses péripéties, ou bien est-il généré par cette succession ? Peut-on le définir comme « ce qui passe quand rien ne se passe », ou au contraire admettre avec saint Augustin que « si rien ne se passait, il n'y aurait pas de temps passé » ?

Avant de choisir une réponse, il est utile de constater une autre différence entre l'espace et le temps, la façon d'introduire une mesure dans ces deux domaines. Pour l'espace tout semble simple : le recours à des règles graduées permet de définir un réseau de repères aussi serré que l'on désire. Il suffit de se reporter à la définition de l'unité de mesure dont les écoliers apprennent qu'elle est conservée précieusement au « pavillon de Breteuil à Sèvres ». Cette unité de mesure de l'espace a semblé si importante aux Conventionnels de 1793 épris d'universalité qu'ils en ont placé plusieurs répliques dans Paris – il en reste une en marbre face au Sénat. Pour l'espace, le problème de la mesure semble résolu. Reste le temps. Comment le mesurer ?

Il faut, pour commencer, faire le choix d'une durée-unité. Mais, par nature, cette durée ne peut être définie au moyen d'un étalon semblable au mètre. Elle ne peut être représentée que par le comportement d'un objet capable d'entretenir des cycles réguliers. Tel est le cas des planètes dans leurs trajectoires autour du Soleil ou dans leurs tournoiements sur elles-mêmes. On peut ainsi définir la seconde comme la 86 400e partie de la durée d'une journée. Cependant, comparé à d'autres événements cycliques, il est apparu que ce mouvement de la Terre n'est pas d'une régularité parfaite. Il a donc été décidé, en 1967, de ne plus définir l'unité de temps à partir des événements du cosmos mais à partir du comportement des particules, de ne plus régler nos horloges en fonction du très grand mais du très petit. Une seconde n'est plus désormais une courte fraction de la durée d'une journée, elle est l'accumulation de 9 192 631 770 transitions provoquées sur un atome de césium. L'étalon de durée a donc changé de nature simplement par la volonté d'une assemblée de scientifiques. Voilà qui rend évident le caractère arbitraire de toute mesure de durée.

Tirant les conséquences de cet arbitraire, Einstein a montré que la durée d'un événement n'est pas nécessairement la même pour deux observateurs ; il suffit, pour que leurs mesures diffèrent, que leurs déplacements ne soient pas identiques. Une formule algébrique simple, dont la compréhension est à la portée d'un lycéen, permet de relier ce que mesure l'un de ces observateurs à ce que mesure l'autre, mais aucun des deux ne peut prétendre que le résultat de son observation est plus « vrai ». Il y a autant de « temps » que d'observateurs.

Prenons le train pour aller de Paris à Lyon. Nous pouvons mesurer la durée du voyage de diverses façons. Par exemple en déclenchant le chronomètre de notre montre au départ et à l'arrivée, ou bien en regardant les horloges dans chaque gare. Ces deux durées ne sont pas égales, même en admettant que chronomètre et horloges sont rigoureusement synchronisés. Notre chronomètre, qui a participé au voyage, mesure une durée plus courte que les horloges devant lesquelles nous sommes passés. La différence n'est certes pas bien grande, il faut pousser la précision de la mesure jusqu'à la treizième décimale pour la constater. Ce qui doit être introduit dans notre regard sur le monde réel n'est pas l'importance de cette différence, mais le fait de son existence. C'est alors tout un domaine de notre compréhension du monde qui doit être radicalement repensé ; il nous faut renoncer à la croyance en un temps qui se déroulerait imperturbablement et qui affecterait à chaque événement une durée unique, indépendante des observateurs.

Ce constat, qui correspond à une réalité de notre cosmos, n'est pas facilement pris en compte dans nos réflexions car il bouscule nos idées apparemment les plus raisonnables et semble aboutir à des paradoxes.

Le plus célèbre d'entre eux est celui des jumeaux. Ils ont par définition le même âge. Cependant, si l'un reste sédentaire tandis que l'autre fait un long voyage, ce dernier a, à son retour, moins vieilli que son frère. Leurs dates de naissance restent les mêmes, mais leurs âges sont différents, car les déroulements de leurs aventures personnelles n'ont pas été identiques ; ils ont perçu des simultanéités différentes dans la cascade des événements qu'ils ont vécus. Ne faisons pas fi de la treizième décimale. Elle ne change rien à notre vie quotidienne, mais elle nous oblige à un autre regard.

Des coups plus rudes encore ont été portés aux idées communes sur le temps lorsque, dix années plus tard, le même Einstein a développé la théorie de la relativité générale. Elle montre que le déroulement du temps change de rythme en fonction de la présence des masses dans l'espace alentour. Allez faire un séjour près du Soleil, vous en reviendrez, grâce à l'intensité plus grande du champ gravitationnel, moins âgé que votre jumeau resté sur la Terre. Mais là encore, cet effet est trop faible pour pouvoir être mesuré ; il ne devient important qu'auprès de masses ayant une densité extrême, ce qui est le cas pour ces objets mystérieux que l'on appelle les trous noirs. Un phénomène qui, pour un observateur terrestre, durerait plusieurs jours, plusieurs années ou même une éternité, peut, pour un observateur s'approchant d'un trou noir, ne durer que quelques secondes.

Cet aperçu pourtant bien superficiel du regard actuel sur la notion de temps montre la nécessité de reformuler en termes nouveaux toutes les questions où cette notion joue un rôle central. En particulier les questions concernant les origines.

Situer l'origine

Constatant que, dans le cosmos, le temps se déroule et qu'il s'est « toujours » déroulé, une question vient immédiatement à l'esprit : comment cela a-t-il pu commencer ? Depuis quand est-ce que cela dure ? Il semble naturel de chercher à situer l'instant origine. Et pourtant...

Lorsque nous faisons référence à un fait qui s'est produit en un instant quelconque, nous évoquons implicitement les instants qui l'ont encadré : l'instant d'avant et celui d'après. La totalité de la durée est ainsi répartie pour chaque événement en deux sous-ensembles, ce qui a précédé et ce qui a suivi. Mais évoquer un instant initial de l'univers est alors impossible puisque, n'ayant, par définition, pas d'« avant », cet instant ne peut s'inscrire dans la durée.

Pour rendre sensible cette difficulté, souvenons-nous du désarroi des peintres de la Renaissance lorsqu'ils ont eu à représenter Adam et Ève. Cette première femme et ce premier homme ne pouvaient pas, par définition, avoir des parents ; fallait-il ou non doter leur image d'un nombril ? Celui-ci est la trace de la fabrication d'un individu par la génération d'avant. Que faire alors quand, par hypothèse, cette génération d'avant n'a pas existé ?

Le problème posé aux astrophysiciens par le premier instant de l'univers, surnommé le big-bang, est de même nature. Par quel processus cet événement fondateur a-t-il pu se produire ? Ainsi posée, la question est autocontradictoire, puisqu'elle suppose des événements antérieurs à celui qui est présenté comme le premier.

Ce modèle théorique présente notre cosmos comme le résultat d'une explosion dont les effets durent encore. Il n'était au départ qu'une hypothèse parmi d'autres. Il est maintenant considéré comme proche de la réalité car il explique de nombreuses observations, que ce soit la fuite des galaxies, la composition chimique du cosmos ou la température résiduelle des espaces intergalactiques. Si on l'adopte, il faut admettre que le temps n'a pu se dérouler qu'à partir du big-bang ; on ne peut donc se référer à un *avant*.

Pour échapper à ce piège logique, il est utile de se rappeler un piège semblable tendu par le philosophe Zénon d'Élée : il imagine Achille courant pour attraper une tortue ; mais il ne peut, dit Zénon, la rejoindre car chaque fois qu'il arrive là où était la tortue à l'instant précédent, elle n'y est plus. Il se rapproche d'elle, mais il ne peut l'atteindre. L'erreur commise par cette conclusion est de compter le nombre des instants successifs de cette course telle qu'elle est racontée. Ce nombre est en effet infini, mais la somme d'une infinité de termes peut fort bien être finie − ainsi $1 + 1/2 + 1/4 + 1/8 + ... = 2$). Achille, bien sûr, rattrape la tortue. Pour le démontrer, il suffit de changer la nature de ce qui est compté : soit le nombre des instants évoqués (ce nombre est infini, le discours qui décrit cette course n'aboutit jamais à sa fin), soit la durée totale de la course (cette durée est finie).

Dans le cas du big-bang, les astrophysiciens nous décrivent les efforts qu'ils font pour décrire l'univers au cours de ses premiers instants en cherchant à se rapprocher de son origine ; cela a été relativement facile lorsque son âge se mesurait en secondes, puis en dixièmes de seconde, mais plus on se rapproche du but, plus les efforts nécessaires sont grands. Se rapprocher de l'instant situé à 10^{-4} seconde après le big-bang jusqu'à celui situé à 10^{-5} est aussi difficile que de passer de 10^{-3} à 10^{-4}. Il est donc raisonnable de mesurer le temps non plus en nombre de secondes mais en utilisant l'exposant négatif correspondant à ce nombre, c'est-à-dire de remplacer l'âge de l'univers par son logarithme. Et comme le logarithme de zéro n'est pas défini, il n'est plus question de l'instant initial. Le big-bang est ainsi par définition inaccessible, et l'on n'est plus tenté de s'interroger sur ce qui l'aurait précédé.

Cependant, l'origine qui nous intéresse le plus n'est pas celle de l'univers ou celle de l'humanité, mais bien la nôtre. Comment situer dans la durée l'événement qui a donné le départ au déroulement de notre vie ? Il est raisonnable de retenir, comme origine, notre conception, c'est-à-dire l'instant où les deux gamètes parentaux ont fusionné, nous apportant notre dotation génétique définitive et déclenchant des réactions en chaîne qui ont abouti à notre état présent.

Nous l'avons vu, il y a autant de repères de la durée que de témoins. Dans quel cadre temporel devons-nous situer cette origine ? Pour un observateur extérieur, cet instant peut être situé dans le temps tel qu'il se déroule pour lui, en fonction de ses propres repères. Pour lui, la conception ou la naissance de telle personne a eu lieu à telle date. Mais le temps qui nous importe vraiment n'est pas le temps des autres, c'est le nôtre, celui qui nous est personnel, celui qui est généré par tous les métabolismes en action dans nos cellules, par les battements de notre cœur, celui aussi qui est mesuré par notre montre à condition qu'elle ne quitte pas notre poignet.

Le temps défini par notre collectivité, le temps des autres, est pratique pour coordonner nos actions avec les leurs ; mais il nous est étranger, il nous trompe lorsque nous y faisons référence pour situer dans la durée le déroulement de notre propre vie. Il nous faut replacer les événements qui nous concernent à l'intérieur du temps qui est le nôtre, et celui-ci ne s'identifie que rarement à celui de la collectivité.

Nous constatons alors qu'il est impossible de situer dans ce temps personnel le moment de notre conception, car pour nous la succession des instants n'avait pas commencé : nous étions en train de vivre le premier. C'est pour nous l'équivalent du big-bang pour le cosmos, il n'a, dans nos propres repères, pas d'avant. Plutôt que de lui affecter l'instant zéro, il est raisonnable d'adopter une échelle logarithmique et de l'envoyer à l'infini, ce qui traduit une évidence : cette conception est pour nous inaccessible. Nous sommes séparés d'elle par une éternité dont nous savons qu'elle aura une fin mais qui n'a pas de début.

Voici l'éternité retrouvée. Ce n'est ni « la mer allée avec le soleil », que décrit Arthur Rimbaud, ni une durée dépourvue d'horizon qui serait étalée sans limites sous nos yeux. Ne la cherchons pas devant nous, nous en venons ; elle fait partie de notre passé. Mais l'important est l'avenir.

La durée apprivoisée

Pour le Soleil, pour l'ensemble du système solaire, cet avenir semble déjà tracé. Ne disposant plus de réserves suffisantes d'hydrogène, l'étoile centrale, dans quelques milliards d'années, se transformera en géante rouge et détruira les planètes les plus proches avant de devenir une naine blanche.

Pour l'univers dans son ensemble, le sort lointain n'est pas encore connu avec certitude ; peut-être n'est-il pas encore fixé. Il se peut que, sous l'effet des forces de gravitation, son expansion actuelle se ralentisse puis soit suivie d'une phase de contraction aboutissant, dans quelques dizaines de milliards d'années, à un big-crunch symétrique du big-bang initial. Il se peut que, au contraire, des forces de répulsion, dont l'existence reste hypothétique, n'accélèrent cette expansion et provoquent un refroidissement qui se poursuivra indéfiniment sans jamais atteindre l'inaccessible zéro degré.

Ces dénouements de l'aventure cosmique, à vrai dire, ne nous concernent guère. Seul importe le regard de la communauté humaine sur la trace que notre passage aura gravée. Cette trace est le reflet de nos actes. Or être capable d'en accomplir est l'apanage des humains : à notre connaissance, dans le monde qui nous entoure, il n'y a pas d'actes, il n'y a que des faits. Certains se déroulent conformément aux lois de la nature, ces lois inscrites sur une table inconnue qui contraignent tous les éléments du monde réel à se soumettre au rouleau compresseur du déterminisme. D'autres, au niveau des particules élémentaires, bénéficient de la liberté qu'apportent les caprices du hasard quantique. Mais, quels qu'ils soient, animaux, végétaux ou objets inanimés, ceux qui participent à ces événements ignorent vers quoi ils se dirigent, or c'est cette finalité qui définit un acte. Et surtout ils ignorent cette ignorance.

Seuls les humains la connaissent, car ils ont compris que l'avenir existera ; ils s'efforcent d'en prévoir le contenu et savent que cette connaissance ne sera jamais totale. La compréhension du monde et d'eux-mêmes, voilà le domaine où ils ne rencontreront jamais le mot « fin ». Le domaine où ils peuvent par conséquent, sans se préoccuper de la finitude de la durée du cosmos ou des hommes, développer une forme d'éternité qui se joue des pièges du temps.

L'éternité n'est plus alors un cadeau à attendre pour plus tard. La durée ne peut nous l'offrir, elle est un chantier à alimenter par nos actes d'aujourd'hui ; à nous de l'entretenir en étant lucides sur la réalité qu'évoque le mot temps.

Sans doute n'avons-nous pas été créés immortels, comme l'imagine le catéchisme, mais nous avons reçu en partage une éternité qui non pas commence, mais s'achève avec notre parcours. Notre passé est semblable à un océan dont l'horizon inaccessible n'a aucune réalité ; ses vagues viennent de nous déposer sur le littoral d'une île inconnue, notre avenir. À nous de la défricher.

Nous y découvrons une étrange partenaire, la durée. Elle s'insinue dans tous nos gestes, dans toutes nos pensées, pour rendre irréversibles les moindres événements. À chaque instant, ce qui se produit bascule définitivement dans un passé ineffaçable. C'est, je crois, le philosophe Vladimir Jankélévitch qui fait remarquer que chacun de nous est provisoire, certes, mais que le fait que nous ayons existé est définitif.

Cette irréversibilité, à laquelle aucun événement du cosmos ne peut échapper, se manifeste dans la vie de chacun. La ressentir a d'abord été agréable : au cours de notre enfance, de notre jeunesse, chaque journée nouvelle était l'occasion d'une découverte supplémentaire, d'un ajout dans la construction de notre personne. Nous étions impatients d'atteindre la journée suivante, nous la recevions comme un cadeau, et elle était réellement un cadeau apportant une richesse parfois inattendue.

Avec l'âge, cet empressement à transformer l'avenir en présent a fait place au désir de retarder cette métamorphose. « Une minute encore, monsieur le bourreau. » Celui qui, comme moi, s'est installé bon gré mal gré dans la catégorie des aînés risque de regarder le retour des saisons non plus comme un ajout à son parcours mais comme une amputation de son avenir. Le temps dévoile pour lui sa capacité à jouer, aussi brillamment l'un que l'autre, deux personnages, le créateur et le destructeur. Pour échapper à la morosité, pourquoi ne pas lui dicter son rôle en anticipant l'avenir ? Pourquoi ne pas le contraindre à être créateur en décrivant une utopie ?

Droit humain

Droits de l'homme

Tout dans notre cosmos obéit. Les objets dotés de masse s'attirent, ceux qui portent une charge électrique s'attirent ou se repoussent, les particules élémentaires jouissent de la liberté du hasard quantique, mais cette liberté est soumise à des lois de probabilité. Depuis l'origine de l'univers, chacun des éléments qui le constituent, atome ou galaxie, a fait ce qu'il ne pouvait pas ne pas faire. Dans cette troupe immense, la discipline a été rigoureusement respectée.

Puis *Homo* est apparu. Il a été, comme tout ce qui l'entoure, sécrété par le jeu des forces en présence. En l'analysant, on ne trouve guère en lui de composants spécifiques. Chargé de faire une classification raisonnée de tout ce qu'il découvrirait sur la planète Terre, un observateur scientifique venu d'ailleurs pourrait fort bien n'accorder aucune attention spéciale à cette espèce. Ce qui justifie de la mettre hors concours n'est pas ce que lui a apporté la nature, mais ce qu'elle s'est donné à elle-même.

Il se trouve que quelques mutations l'ont gratifiée d'un système nerveux central hypertrophié ; celui-ci lui a permis de développer des capacités de compréhension exceptionnelles, et surtout de mettre en place un réseau extraordinairement fin et enchevêtré d'interactions entre tous ses membres. Ce réseau permet à chacun de s'enrichir des performances de tous les autres. La clé de la réussite humaine, individuelle ou collective, est fournie par le fonctionnement de ce réseau.

La question décisive pour un humain n'est donc pas : « Comment tirer profit de ce que j'ai reçu ? » mais : « Comment organiser mes rapports avec les autres ? » et plus largement : « Comment organiser les rapports de chacun avec tous ? » La réponse ne peut qu'être arbitraire. Certes, il faut tenir compte des nombreuses contraintes imposées par le milieu, mais le domaine des choix possibles est immense. Pour marquer l'importance de ce choix, qui oriente le devenir de chaque communauté, certains peuples l'ont attribué à Dieu. Selon la Bible, le Créateur a lui-même gravé les Tables de la Loi et a chargé Moïse de les transmettre à son peuple. Selon le Coran, Allah a dicté ses volontés à Mahomet par l'intermédiaire de l'archange Gabriel et lui a prescrit d'en informer tous les humains.

Mais cette Loi est-elle moins sacrée si l'on admet qu'elle est l'œuvre des hommes, si l'on suppose que, au sommet du Sinaï, Moïse a rencontré Moïse et a lui-même décidé de transformer la foule qui l'avait délégué en un peuple capable de se forger un destin ? Ce n'est rien enlever à Dieu, c'est, au contraire, me semble-t-il, faire preuve de respect envers Lui qu'admettre l'hypothèse qu'Il ne s'en est pas mêlé. Le Droit résulte alors de l'adhésion des membres d'une collectivité à une règle de vie, adhésion transformant un objectif proposé par quelques-uns en une loi qui s'impose à tous.

Définitivement figé si sa source est la parole du Créateur recueillie et transmise par un prophète, ce Droit peut au contraire évoluer s'il est présenté comme une tentative humaine de mettre en place une organisation optimale des rapports entre les personnes. Cette évolution est même nécessaire lorsque se transforment les contraintes imposées par le milieu naturel ou les objectifs que se donnent les humains eux-mêmes.

Il se trouve que ces contraintes sont actuellement soumises à un profond bouleversement : en moins d'un siècle, l'effectif de l'humanité a quadruplé, l'efficacité de ses moyens d'action s'est accrue de plusieurs ordres de grandeur, son réseau de communication est devenu une « toile » englobant toutes les personnes et toutes les collectivités. Quant aux objectifs, ils se sont multipliés et différenciés depuis qu'est apparue la possibilité d'un début de liberté accessible à tous.

Les diverses cultures ont développé indépendamment leur conception du Droit ; elles doivent désormais le faire en tenant compte les unes des autres. Le besoin apparaît ainsi d'un noyau commun auquel adhérera la totalité de l'humanité.

Il ne s'agit surtout pas d'uniformiser les règles du comportement, mais de permettre à leur diversité de s'épanouir à partir de ce noyau, à la façon dont de multiples ruisseaux peuvent diverger à partir d'une source unique.

Cette origine commune reflète la définition adoptée pour l'être humain ; cette définition comporte nécessairement une part d'arbitraire. Un des choix possibles est de se borner à ne voir en chacun qu'un objet produit par la nature. Rien ne justifie alors de faire intervenir dans l'organisation de la société des critères autres que l'efficacité. Si l'on adopte cette vision, les « autres » ne sont pour chacun que des moyens ; il en use en fonction de son propre intérêt. La structure « la meilleure » est alors celle qui fait régner l'ordre. Le Droit se résume à une liste de devoirs ; chaque individu est soumis à la Loi, que ce soit la Loi imposée par le dictateur ou la Loi du marché.

Mais un autre regard peut être adopté, celui qui voit en chaque humain un sujet, c'est-à-dire une personne dotée de conscience. Cette personne est le produit de son immersion dans une communauté humaine ; le critère de la valeur de celle-ci est la richesse des apports réciproques qu'elle provoque. L'organisation « la meilleure » est celle qui permet à chaque personne de rencontrer les autres. Le Droit définit alors l'ensemble des attitudes favorisant ces rencontres.

Faire adopter cette seconde définition par la totalité des collectivités humaines, quels que soient leurs religions, leurs cultures, leurs systèmes politiques, leurs structures sociales, a longtemps semblé un projet irréalisable. Peu nombreux étaient ceux qui osaient imaginer qu'un jour ce noyau commun serait reconnu, adopté, présenté comme une référence. Cela a pourtant bel et bien été le cas il y a un demi-siècle : tous les États membres de l'ONU ont adopté en 1948 la Déclaration universelle fondée sur la reconnaissance d'une personne en tout être humain. Cette avancée inouïe de la communauté humaine a été rendue possible par le désir de ne plus avoir jamais à revivre les horreurs de la Seconde Guerre mondiale. Mais ce n'est qu'un début ; l'élan qui a ainsi été donné encourage à proposer d'autres utopies fertilisant l'avenir des humains.

Évoquons quelques-uns des domaines où des projets de changements radicaux peuvent, malgré leur éloignement de la réalité d'aujourd'hui, être accueillis par des « Pourquoi pas ? ».

Droit aux soins

La santé, cet état de bien-être que chacun souhaite, est trop dépendante des aléas imposés par la nature pour être présentée comme un droit. Du moins peut-on souhaiter que chacun ait accès aux soins permettant de la rétablir, ou de l'améliorer.

Jusqu'au milieu du XIXe siècle, la lutte contre la maladie n'était menée que par des moyens empiriques d'une efficacité très limitée. Les hôpitaux n'étaient guère que des mouroirs où la société entassait les plus démunis. En moins de deux siècles, le système sanitaire a été transformé et a obtenu des succès fabuleux, l'intervention des équipes médicales permet aujourd'hui des victoires contre la nature qui auraient été considérées autrefois comme de véritables miracles. La mortalité infantile, dans les nations évoluées, a presque disparu et l'espérance de vie s'est tellement améliorée que notre attitude face à l'approche de la mort s'est transformée. Toutes les structures sociales en ont été bouleversées : le concept même de vieillesse est remis en question.

Le peu d'effet des interventions médicales justifiait jadis un certain fatalisme devant la maladie. Le recours à un médecin n'apportait que peu d'espoir et il ne paraissait pas scandaleux que sa visite soit réservée à ceux qui pouvaient la payer. Tout a changé depuis que ce médecin est devenu capable de faire reculer ce qui était considéré comme une fatalité. Rapidement, tout du moins en Europe, un nouveau droit a été admis : le droit aux soins, ceux-ci étant justifiés par le besoin de soins. Contrairement au droit de propriété, qui trouvait, au départ, sa justification dans les efforts consentis pour produire un bien, le droit aux soins constitue une réponse collective pour venir en aide à une personne subissant un coup du sort. Le mot d'ordre implicite n'est plus « À chacun selon ses mérites » mais « À chacun selon ses besoins ».

Cette attitude fondamentalement « communiste » a provoqué le basculement de tout un pan de l'activité des communautés humaines, l'ensemble des actes participant au système sanitaire, dans une logique située à l'opposé de la logique des économistes. Ceux-ci attribuent à chaque bien une valeur et calculent le coût de sa production. La comparaison des deux définit la rentabilité du processus et oriente les choix. Un tel raisonnement ne peut être tenu lorsqu'il s'agit de lutter contre la maladie : le coût des soins peut certes être calculé et il est souvent élevé, mais la « valeur » de la guérison obtenue ne peut être définie, ce qui prive de toute signification le concept de rentabilité. Quelle serait la rentabilité de la guérison d'un vieillard ? Le simple fait de l'évoquer sonne comme la menace d'un retour à la barbarie. Pour rester cohérent avec cette attitude, il faut admettre que la guérison d'un adolescent échappe elle aussi au raisonnement économique ; ce n'est pas en raison des bénéfices que cette guérison peut apporter plus tard à la société qu'il doit être soigné, c'est parce qu'il en a besoin et que la collectivité ne s'estime pas en droit de lui refuser son aide.

Dès que le concept de droit aux soins apparaît, l'économiste perd toute raison d'intervenir dans le domaine de la santé. Or le financement de ce domaine représente une part toujours plus grande de la richesse nationale. Cette part doit-elle être jugée comme excessive ou comme insuffisante ? Le déficit de la Sécurité sociale doit-il ou non être réduit, et si oui par quelles mesures ? Ce n'est pas à l'économiste de répondre, mais au citoyen. Il s'agit d'une décision typiquement politique, elle implique le choix de la civilisation vers laquelle tend la société. Les spécialistes peuvent faire de savants calculs pour mesurer le coût et les conséquences pour l'économie d'un programme d'amélioration de la santé publique, de même ils peuvent évaluer l'impact d'un programme d'exploration de la planète Mars, mais c'est au citoyen de définir les priorités entre ces projets. C'est à lui, dans le cadre d'une « démocratie de l'éthique », d'orienter les décisions du pouvoir.

La hiérarchie dans la capacité de prendre des décisions doit donc être modifiée : ce n'est pas au ministre des Finances de fixer le montant des ressources attribuées au ministre de la Santé ; c'est à celui-ci de calculer au mieux ses besoins, et à celui-là de les satisfaire en y adaptant sa politique financière, notamment en ajustant le niveau des prélèvements fiscaux. Ce renversement du cheminement causal n'est nullement impossible, puisqu'il se produit systématiquement en cas de guerre. Lorsque la patrie est en danger, le ministre des Finances n'a d'autre pouvoir que de régler les factures présentées par les généraux ; l'intendance suit.

La lutte contre la maladie est, elle aussi, une véritable guerre, aussi légitime que celles, nombreuses dans notre histoire, menées contre les peuples voisins. Elle justifie, au moins autant, de mettre entre parenthèses les impératifs financiers. Le droit aux soins ne dépend dans chaque État que des décisions des autorités nationales ; il a donc pu passer, assez rapidement dans certains pays, comme le nôtre, du statut de rêve au statut de quasi-réalité. Il est désormais temps de le généraliser à toute l'humanité et, pour cela, de ne pas seulement nationaliser le système sanitaire, mais de le planétariser. Car pour être définitivement gagnée, cette guerre devra impliquer l'ensemble des humains en un front commun auquel participeront tous les peuples.

La difficulté actuelle d'apporter aux Africains les moyens de lutter contre le sida donne la mesure des transformations nécessaires et urgentes du comportement des pays riches. L'exemple remarquable de la variole montre pourtant que des victoires sont possibles. Durant les années 1960, cette maladie tuait deux millions de personnes chaque année, principalement des enfants. Une collaboration internationale a été mise en place pour refouler ce fléau. Les mesures coordonnées par l'Organisation mondiale de la santé ont été si efficaces qu'aucun cas n'a été signalé depuis 1977. Le virus, enfermé dans quatre laboratoires, est désormais inoffensif.

Il est raisonnable de généraliser cette réussite, obtenue dans un cas précis, en mettant en place une autorité supranationale chargée de conduire la guerre de l'humanité contre la maladie. À tous les niveaux, la recherche, la prévention, les soins, cette guerre doit être menée au nom de l'humanité entière.

L'OMS est l'embryon de cet organisme. L'extension de ses pouvoirs à toutes les nations et à toutes les maladies n'est qu'une question de volonté. Les virus, comme les nuages radioactifs, ignorent les frontières ; des médecins de toutes nationalités travaillent « sans frontières » ; les crédits affectés au système sanitaire devront, eux aussi, dans un avenir qui ne dépend que de la décision des peuples, ignorer le découpage de l'humanité en nations, ce qui enlève tout sens à la notion d'« équilibre de la Sécu ». La guerre entre l'espèce humaine et les maladies doit être menée simultanément sur tous les fronts, en un effort auquel tous contribuent.

Ce projet est parfaitement raisonnable. Si, il y a un siècle, un futurologue avait imaginé qu'un jour tous les citoyens auraient la possibilité de se faire soigner et bénéficieraient, quelle que soit leur situation sociale, des plus récents progrès techniques, que l'espérance de vie à la naissance dépasserait quatre-vingts ans, que certaines maladies auraient été définitivement éradiquées, il aurait eu un haussement d'épaules : quelle utopie bonne pour les rêveurs ! Eh bien, cette utopie est aujourd'hui, dans notre pays, presque devenue réalité. Décider qu'elle le sera partout sur la Terre au cours des prochaines décennies est au moins aussi exaltant que d'aller explorer le système solaire.

Droit à l'information

Parmi les innovations qui rendent nécessaire une redéfinition des rapports entre les personnes ou entre les collectivités, les plus inattendues concernent les échanges d'informations. Elles impliquent de nouveaux droits et de nouveaux devoirs, car tout dans ce domaine a été transformé, en à peine plus d'un siècle. L'élément déclencheur a été la découverte des ondes hertziennes : leur utilisation annule pratiquement la durée de transmission.

Un des effets bénéfiques a été de provoquer une meilleure conscience de l'unité de notre espèce, donc du partage par tous d'un destin commun. Que ce soit à propos d'une catastrophe naturelle comme le tsunami de décembre 2004, d'une catastrophe provoquée par les hommes comme le génocide du Rwanda ou d'un exploit technique comme le parachutage d'une sonde sur une lointaine planète, le fait que le même regard soit proposé simultanément à tous les humains crée le sentiment d'une participation généralisée à un devenir collectif.

Grâce à ce réseau, nous comprenons que les fureurs de la Terre nous concernent tous, qu'une folie meurtrière collective peut surgir chez tous les peuples, que nous sommes collectivement capables d'explorer l'univers non pour nous l'approprier, mais pour le comprendre. Les mêmes événements participent à l'enrichissement du regard de tous sur la réalité. Nous accédons à la source des mêmes émotions, des mêmes hontes, des mêmes fiertés. Les conséquences heureuses de cette technique sont donc importantes, mais son pouvoir est si nouveau et si étendu qu'il est nécessaire d'en mesurer les risques.

Ces risques sont limités en ce qui concerne la radio, car notre cerveau est habitué, depuis la plus lointaine préhistoire, à traiter des flots de sons et de paroles. Ce que nous apportent les haut-parleurs de nos chaînes hi-fi s'insère tout naturellement dans ce flot, ils fournissent une nourriture que nous sommes prêts à digérer. En revanche, aucun entraînement ne nous a préparés à réagir face au déluge d'images que fournissent les écrans. Jamais, avant la généralisation du cinéma et de la télévision, les yeux et le système nerveux central de nos ancêtres n'avaient été agressés par tant de formes et de couleurs constamment changeantes, et dont le rythme est d'autant plus rapide que le discours associé est plus insignifiant. Aucun de nos prédécesseurs humains n'avait été soumis à un tel traitement qui désarçonne notre capacité de réaction, fascine notre regard, envahit nos neurones et leurs connexions, et structure sans nous, ou même malgré nous, notre cerveau. Il peut avoir sur lui le même effet qu'une drogue, mettant en place un écran entre la réalité et notre perception de cette réalité, créant une accoutumance, un besoin.

La présence de l'image, loin d'être un complément, crée bien souvent un obstacle à la compréhension du message. Cet effet néfaste est manifeste lorsque le visage d'un orateur accompagne ses paroles ; l'attention portée à sa mimique trouble la signification de ses phrases. Il est plus grave encore lorsqu'il s'agit de transmettre des informations à propos de drames comme les émeutes ou les guerres. S'il est possible de parler d'un conflit, d'une révolution, il n'est pas possible de les montrer. Tout au plus peut-on en présenter quelques aspects si partiels qu'ils sont soit insignifiants soit trompeurs. Ceux qui ont « fait » une guerre sont conscients d'y avoir participé, mais refusent d'en parler car ils n'en ont rien vu – seuls quelques grands chefs en ont une perception globale, mais il s'agit d'une autre guerre, celle qui s'est déroulée non sur le terrain mais sur les cartes d'état-major. Les cameramen chargés de couvrir les événements tragiques devraient avoir la même sagesse et se déclarer incapables de montrer autre chose que l'anecdotique.

Présenter la télévision comme un prolongement des moyens d'information d'autrefois est lui faire beaucoup trop d'honneur. Elle ne succède nullement aux journaux ou aux revues qui décrivaient les faits et proposaient une réflexion à leur propos. Elle a plutôt pris la place des bonimenteurs qui jadis, sur les boulevards, vendaient des poudres miraculeuses, et celle des camelots qui distribuaient des chansons illustrées paraphrasant l'actualité. Autant la radio, dont le matériau est la parole, est dans la continuité des moyens d'information de la presse, autant la télévision, dont le matériau est l'image en mouvement, constitue une mutation dans notre rapport avec la réalité aussi inquiétante que les mutations de notre patrimoine génétique.

Cette inquiétude est aggravée par le pouvoir fabuleux que détiennent ceux qui diffusent ces émissions. Nombre d'historiens ont insisté sur le rôle de la radio dans la mise en place par Hitler du filet dans lequel il a enserré le peuple allemand. Certains, refaisant l'histoire, ont imaginé les conséquences qu'aurait eues la télévision dans sa prise du pouvoir si elle avait été disponible à cette époque. On sait l'efficacité du matraquage des esprits par les mots ; et combien plus efficace encore est le matraquage des cerveaux par les images. Toute société désireuse de préserver le libre arbitre de chaque citoyen doit donc prendre garde aux excès dans l'usage de ces outils et exiger de ceux à qui ils sont confiés de préciser leurs objectifs, que ceux-ci leur soient assignés par l'État ou qu'ils se les attribuent eux-mêmes.

Il se trouve que, récemment, le président de la chaîne TF1 s'est livré à cet exercice et a décrit la finalité de son activité. Le résultat mérite réflexion. Je reproduis sa déclaration telle qu'elle a été fournie par le bulletin de la Société civile des auteurs multimédias, la SCAM, qui regroupe les animateurs et auteurs des émissions de radio et de télé : « Le métier de TF1, dit son président, c'est d'aider Coca-Cola, par exemple, à vendre son produit. Or pour qu'un message publicitaire soit perçu, il faut que le cerveau du téléspectateur soit disponible. Nos émissions ont pour vocation de le rendre disponible ; c'est-à-dire de le divertir, de le détendre pour le préparer entre deux messages. Ce que nous vendons à Coca-Cola, c'est du temps de cerveau humain disponible. »

Vous avez bien lu. Dans l'esprit de ce patron de télé, son métier consiste à décerveler les téléspectateurs afin de vendre, à des entreprises avides de chiffre d'affaires, cette marchandise qu'est la disponibilité des esprits. On imagine combien Joseph Goebbels, de triste mémoire, aurait amélioré son efficacité dans la mise au pas de son peuple s'il avait disposé d'un collaborateur tenant un discours semblable.

Le pire, dans ce texte, est que son auteur exprime sans doute ses véritables objectifs. Pour lui, diffuser un opéra, programmer une discussion entre philosophes ou faire s'affronter des hommes politiques devant la caméra n'est justifié que par l'état de réceptivité dans lequel est mis le spectateur. Ce qui a de l'importance n'est pas l'émission elle-même, c'est le moment vide qui la suit ; car ce moment, justement parce qu'il est vide, peut être mis à profit pour persuader les spectateurs qu'en entrant chez McDonald's ils vont se régaler.

Les bonimenteurs et les camelots des boulevards n'étaient guère dangereux car leur impact était limité ; ils n'étaient que des amuseurs. Aujourd'hui, les télévisions participent largement à ce rôle d'amuseurs, mais elles interviennent simultanément, sans en avoir le mandat, dans la formation des esprits. Qu'elles puissent se donner comme objectif de décerveler les citoyens donne la mesure du danger. Ce décervelage n'est pas seulement un risque pour la rigueur de l'information, il l'est surtout pour la construction de l'intelligence des jeunes. Par un glissement spontané intervenu depuis quelques décennies, ce n'est plus à l'école mais à travers ce que les écrans leur présentent qu'ils découvrent le monde. De multiples précautions ont été prises pour que les programmes scolaires participent à l'émergence d'esprits libres, capables de critique, ouverts à l'interrogation ; chaque novation pédagogique fait heureusement l'objet de longs débats. Mais cette mise au point difficile, jamais achevée, est balayée par le bulldozer des émissions débiles qui, orientées par le seul Audimat, n'ont pour objectif que de plaire au plus grand nombre. Elles entrent dans les cervelles plus profondément que le contenu des cours.

Comment réagir ? En comprenant combien le flot des « images qui bougent » est l'équivalent d'une drogue mise sans précaution à la disposition de tous et surtout à la disposition de ceux qui sont les moins bien armés pour se défendre contre elle. Notre société a enfin compris qu'elle devait faire reculer l'alcoolisme et le tabagisme et que le meilleur moyen n'était pas à base d'interdictions mais à base de réflexions, de lucidité, de décisions personnelles. De façon semblable, elle doit convaincre le téléspectateur qu'il s'offre un plaisir dont l'abus est dangereux. On peut imaginer que les émissions de télé prennent exemple sur Gide donnant comme conseil à son lecteur : « Si tu m'as compris, tu me jettes. »

Droit au logement versus *droit de propriété*

Pour définir la démocratie, Winston Churchill, paraît-il, constatait : « On sonne chez vous à six heures du matin, vous n'avez pas peur, c'est le laitier. » À ce compte-là, la démocratie n'est guère parfaite dans une ville comme Paris : le coup de sonnette au lever du jour annonce parfois l'arrivée d'une compagnie de CRS qui pénètrent dans l'immeuble en détruisant la porte à coups de bélier. Certes, cela ne se produit que dans des taudis occupés illégalement par des familles démunies, et les habitants des beaux immeubles peuvent, eux, dormir tranquilles. Mais comment accepter un tel contraste ? Il suffit de partager de bon matin le désarroi de ces familles expulsées, abandonnées à la rue avec leurs enfants encore endormis, pour comprendre qu'il y a quelque chose de pourri dans le royaume qui est le nôtre.

Le droit au logement n'était guère évoqué autrefois car l'ajustement entre les besoins et les locaux disponibles était spontanément réalisé. L'effectif de la population était stable et les exigences de confort n'évoluaient que lentement. Le parc immobilier disponible était transmis de génération en génération et ne nécessitait que de l'entretien et quelques ajouts. Cet ajustement s'est trouvé rompu, en France notamment, par la conjonction des démolitions de la guerre de 1939-1945, de la désertification des campagnes résultant d'un afflux de population vers les villes, des changements politiques internationaux provoquant des migrations à partir des anciennes colonies, enfin des nouvelles exigences en matière d'hygiène (eau courante, électricité, tout-à-l'égout).

L'écart entre les besoins et l'offre de logements a alors été tel que le législateur a précisé en 1990 le concept de droit au logement : de même que tout malade a le droit d'être soigné indépendamment de sa condition sociale, toute famille a le droit de disposer d'un toit indépendamment de ses revenus.

Restait à concrétiser ce beau principe. La construction de bâtiments accessibles à tous aurait obligé la communauté à faire un effort financier si énorme qu'il impliquait de renoncer à d'autres objectifs, décision douloureuse qui, en fait, n'a jamais été prise avec l'ampleur nécessaire. Une autre solution aurait été de mieux utiliser le parc immobilier disponible, notamment à Paris, où de nombreux appartements ne sont pas occupés (de l'ordre de cent mille selon diverses sources). Cela supposait une intervention de la puissance publique utilisant son pouvoir de réquisition, c'est-à-dire osant faire reculer le droit de propriété.

Cette opposition entre deux droits est une occasion de révéler les choix éthiques implicites d'une société : quel droit est le plus sacré, le droit d'un propriétaire de disposer librement de ses biens ou le droit d'une famille de disposer d'un toit ?

Le premier est présenté comme essentiel pour le fonctionnement normal de la société. Il est souvent considéré comme inscrit dans la « nature humaine ». Est-ce si sûr ?

La vie nomade de nos très lointains ancêtres du paléolithique ne favorisait guère l'appropriation des quelques biens qu'ils avaient produits. Pour nomadiser il faut voyager léger, ne pas s'encombrer de trop de possessions. La notion de propriété n'a alors guère d'objet ; elle n'est sans doute apparue et ne s'est généralisée qu'avec l'agriculture et l'élevage. Le sédentaire, qui a pris la peine de produire une richesse, estime raisonnable d'en bénéficier : ce champ que j'ai labouré, c'est moi qui vais l'ensemencer, moi qui vais le cultiver, les céréales que j'aurai récoltées seront consommées par ma famille.

À chaque stade, le travail consenti prépare une satisfaction future. Il est donc nécessaire que la collectivité donne l'assurance que l'accès à cette satisfaction sera effectivement respecté ; le droit de propriété s'insère ainsi comme un comportement logique dans une société où le travail est la source principale des richesses.

Cette appropriation n'est cependant pas restée réservée à ceux qui, par leur activité, avaient produit un bien. Par une extrapolation qui n'était nullement nécessaire, de nombreuses sociétés ont accepté, au nom de la continuité de la famille, la transmission du droit de propriété de génération en génération. Le lien entre l'appropriation et le mérite personnel a ainsi été coupé ; la possession d'un bien, l'exclusivité de son usage n'étaient plus justifiées que par des coutumes nécessairement arbitraires. Sans avoir produit la moindre richesse, les héritiers ont pu bénéficier des efforts de leurs ascendants parfois lointains, ou mythiques.

Comme il est plus facile de s'enrichir lorsque l'on est déjà riche, un processus spontané d'accumulation s'est mis en place, au profit de certains, au détriment d'autres, générant des frustrations, des jalousies, des conflits. Cet effet pervers a été si évident que certaines cultures ont imaginé des mesures pour en atténuer les conséquences ; ainsi, chez les Juifs, les années jubilaires marquaient une césure dans l'appropriation, il fallait libérer les esclaves et rendre à l'État les biens reçus en héritage au cours des cinquante années précédentes ; de même l'islam prévoit un impôt annuel égal à trois pour cent de la fortune – l'actuel ISF en France n'en est qu'une pâle imitation.

Ces dispositions correctrices sont en fait très peu appliquées. Porté par sa propre dynamique, le mécanisme d'enrichissement des riches, individus ou collectivités, ne rencontre guère d'obstacles. Il se trouve même qu'il vient récemment de s'emballer : dans leur ensemble, les quelques milliers d'humains disposant aujourd'hui des plus grandes fortunes possèdent plus de richesses que l'ensemble des quelques milliards de malheureux relégués dans le groupe des « perdants ». L'opposition entre l'excès de richesse de certains et le dénuement d'autres est devenue monstrueuse.

Une autre extrapolation du concept de propriété a concerné des biens non pas produits par les efforts des hommes, mais fournis par la nature. Tant qu'il s'est agi de richesses constamment renouvelables, notamment au rythme des saisons, l'arbitraire de leur attribution pouvait être facilement accepté. Mais nous avons aujourd'hui accès à des richesses que la planète ne peut nous donner qu'une fois, pas deux. Le pétrole et le gaz naturel sont les exemples les plus spectaculaires de ces ressources non renouvelables. L'on sait que ces substances, devenues précieuses dans nos sociétés fondées sur la technique, sont le résultat d'un processus de production qui s'étend sur plusieurs centaines de millions d'années. Les détruire, c'est les faire disparaître définitivement. Avant d'en disposer, il faudrait donc répondre à la question : « À qui appartiennent-elles ? » La réponse la plus raisonnable est : « À tous les hommes », en incluant dans ce « tous » non seulement les six milliards et demi d'êtres humains d'aujourd'hui mais les nombreux milliards qui leur succéderont jusqu'à la fin de l'humanité. Cette réponse rend impossible à justifier la destruction systématique, accélérée, et bien souvent inutile, que nous faisons de ce pétrole ou de ce gaz, alors que, de toute évidence, ils appartiennent à nos descendants autant qu'à nous. Comment alors ne pas adhérer au constat célèbre du philosophe Proudhon : cette richesse que nous nous approprions pour la détruire, nous la leur volons. Oui, « la propriété, c'est le vol » lorsque les biens accaparés sont des richesses naturelles non renouvelables.

Autant il est probable que la « guerre du feu » soit une invention de romancier et non une réalité historique (car pourquoi se battre pour un bien tel que le feu que l'on peut donner à l'autre tout en le gardant ?), autant il est justifié d'attribuer aux différences de richesses, donc aux excès du droit de propriété, la majorité des affrontements meurtriers qui ont constitué la part la plus spectaculaire de l'histoire des hommes.

Aujourd'hui, il est clair qu'il faut repenser le droit de propriété pour l'adapter aux nécessités nouvelles. L'instauration d'un véritable droit au logement peut être l'occasion d'un recul du droit de propriété, notamment, dans une ville comme

Paris, en réactivant le droit de réquisition dont disposent les autorités. Mais ces mesures ponctuelles, si utiles soient-elles, ne sont pas au niveau de l'urgence.

Sur une planète devenue petite, ce qui est donné à l'un est soustrait à l'autre, cet autre pouvant faire partie des humains qui ne sont pas encore nés. Des arbitrages sont nécessaires entre la part accordée aux puissants et celle des soumis, entre celle des possédants et celle des démunis, entre le présent et l'avenir. Le risque est désormais trop grand de les laisser rendre aveugles par le jeu des affrontements guerriers ou des compétitions économiques. Il va falloir imaginer une économie non plus passive mais volontariste.

***

Lorsque des familles sont à la rue, lorsque des enfants sont logés dans des trous à rats, lorsque, comme à Paris durant l'été 2005, plusieurs incendies de taudis provoquent des dizaines de morts, tandis que des locaux tout proches restent vides, il serait criminel de ne pas réagir en remettant en cause le droit de propriété.

Cette opinion est largement partagée. J'ai pu constater qu'elle était celle du président de la République : recevant une délégation conduite par l'abbé Pierre, il a admis que le caractère sacré de la propriété ne s'étendait pas aux immeubles laissés inoccupés au cœur des villes par des groupes financiers uniquement soucieux de spéculation, ainsi ceux de la rue du Dragon, rendus célèbres par l'action de Droit au logement.

Ces propos n'ont pas été suivis de mesures concrètes. Profitons de notre utopie pour en proposer. En droit, il est admis qu'aucun engagement ne peut avoir une durée infinie : un bail emphytéotique ne peut avoir une durée supérieure à quatre-vingt-dix-neuf ans, les baux à vie ne peuvent engager pour plus de trois générations. Or la transmission du droit de propriété entre les générations est l'équivalent d'un engagement de la société envers le détenteur d'un bien. Cet engagement lui aussi devrait être de durée limitée, à la façon dont les années jubilaires des Hébreux remettaient à zéro tous les cinquante ans le compteur de la richesse.

On peut donc naïvement espérer que, dans ce domaine, notre utopie sera bientôt une réalité. Les CRS pourront enfin être présentés avec vérité comme des « forces de l'ordre », lorsque le pouvoir leur demandera d'entrer, éventuellement à coups de bélier, au nom de la loi, dans des immeubles restés vides pour cause de spéculation, plutôt que de les envoyer à l'assaut des pauvres logements de familles en détresse.

Droit à la paix

Qui ne rêve d'une humanité enfin débarrassée du fléau des guerres toujours recommencées ? Malgré les apparences, ce rêve est peut-être devenu aujourd'hui plus accessible que jamais au cours de l'histoire. Les moyens disponibles pour s'entretuer ont acquis en effet une telle efficacité que leur emploi risquerait de mettre en péril l'existence même de notre espèce. Les bombes A et H ne sont pas seulement capables de détruire un ennemi ; elles peuvent provoquer des changements de l'équilibre climatique de la planète tels qu'elle deviendrait inhabitable. Il suffirait, d'après les simulations s'efforçant de préciser les conséquences d'un conflit nucléaire, de faire exploser une faible fraction des stocks existants pour déclencher un « hiver nucléaire » qui éliminerait la plupart des espèces évoluées, dont la nôtre. C'est donc un suicide collectif généralisé qui est possible. Il est clair qu'aucun objectif, même le plus louable, ne mérite d'être défendu à ce prix.

Cette évidence semble ignorée en France, où la doctrine officielle est que notre pays pourra recourir à la bombe si ses « intérêts vitaux sont menacés ». Cela signifie que nous, Français, accepterions de mettre un terme à l'aventure de l'humanité pour préserver notre patrie ! Qu'aurait dit Montesquieu devant cette monstruosité, lui qui a osé affirmer : « Si je savais quelque chose qui me fût utile, et qui fût préjudiciable à ma famille, je la rejetterais de mon esprit. Si je savais quelque chose utile à ma famille, et qui ne le fût pas à ma patrie, je chercherais à l'oublier. Si je savais quelque chose utile à ma patrie et qui fût préjudiciable à l'Europe, ou bien qui fût utile à l'Europe et préjudiciable au genre humain, je la regarderais comme un crime. »

Il est vrai que la menace d'un conflit nucléaire est si effroyable qu'elle peut jouer paradoxalement le rôle d'un frein lorsque des conflits localisés éclatent. Partant de ce constat, certains stratèges n'hésitent pas à présenter cet armement comme un facteur de paix ; tout compte fait, selon eux, il apporterait un équilibre, l'équilibre de la terreur. Depuis un demi-siècle, cet armement, tout en restant inutilisé, aurait contribué par sa seule présence à hâter la solution de multiples conflits. Ce qui donnerait raison à l'adage : « Si tu veux la paix, prépare la guerre. »

En réalité, cet adage est le sommet de la stupidité et ce raisonnement s'apparente à celui de Gribouille : se jeter dans la rivière pour éviter d'être mouillé par la pluie. L'équilibre de la terreur est en effet par nature un équilibre instable. L'emploi de la bombe par un de ses détenteurs provoquerait une réplique immédiate, lançant une réaction en chaîne qui risquerait fort de ne pas s'arrêter avant l'anéantissement total. Si l'on pouvait admettre avec une certitude absolue que ces armes ne seront jamais utilisées, le danger disparaîtrait, mais elles perdraient aussitôt leur pouvoir pacificateur. Elles ne peuvent avoir ce rôle supposé bienfaisant que si leur emploi a une probabilité non nulle, c'est-à-dire si le suicide général est considéré comme acceptable. C'est pourtant cette éventualité qu'il faut avant tout éviter. Le premier pas vers un monde débarrassé de la guerre est donc la suppression totale de ces armes qu'il aurait mieux valu ne pas fabriquer.

Tout au contraire, notre pays avance délibérément dans la direction opposée en décidant récemment (janvier 2006) d'étendre la dissuasion nucléaire à la lutte contre le terrorisme ! L'équilibre de la terreur est rendu plus instable encore, la probabilité est accrue d'une fin honteuse de notre espèce. Quels mots aurait trouvés Montesquieu devant un tel *crime* ?

Dès la première explosion, celle qui a eu lieu dans un désert des États-Unis le 16 juillet 1945, un double regard s'est manifesté ; d'un côté, celui des ingénieurs, satisfaits d'avoir réussi une expérience extraordinaire, des militaires, heureux de posséder le moyen décisif de gagner la guerre, et des politiques, comme le président Harry Truman, fier d'être à la tête du pays le plus puissant de la planète ; de l'autre, quelques esprits lucides, qui ont immédiatement compris dans quelle voie menaçante cette efficacité nouvelle conduisait les humains. Ce fut le cas de Robert Oppenheimer, l'un des principaux physiciens responsables du projet. D'un côté ceux qui raisonnaient en termes de succès immédiat, de l'autre ceux qui étaient capables de projections lointaines. D'un côté les myopes, de l'autre les clairvoyants.

La décision de passer à l'acte à Hiroshima puis à Nagasaki a été prise personnellement par Harry Truman ; il semble qu'il n'ait guère tergiversé, trop satisfait qu'il était d'étaler sa puissance non seulement face au Japon dont la défaite était déjà acquise, mais aussi et surtout face à l'allié préoccupant qu'était l'URSS. Les historiens ne peuvent répondre à la question : « Le président Roosevelt, mort trois mois auparavant, aurait-il pris la même décision ? » L'on sait qu'il ne faisait pas partie des myopes. Peut-être aurait-il, mieux que Truman, compris l'inquiétude d'Albert Einstein qui s'était écrié : « Il y a des choses qu'il vaudrait mieux ne pas faire. »

Comme l'on sait, les décisions ont par la suite été prises par des myopes. Chaque pays a tenu compte de ses propres intérêts en ignorant que l'accumulation de mesures, toutes raisonnables séparément aux yeux de ceux qui les prenaient, aboutissait à un ensemble absurde car incompatible avec ce que peut supporter notre planète. Il semble que les responsables en soient maintenant conscients, mais l'urgence est grande. Si Théodore Monod ne nous avait pas quittés, nul doute qu'il aurait renouvelé les jeûnes qu'il s'imposait à chaque anniversaire de la bombe d'Hiroshima, devant le PC nucléaire français à Taverny.

Il semble que les acteurs les plus dangereux pour l'humanité, c'est-à-dire les chefs des États qui sont techniquement capables de produire ces engins de mort et de décider de leur emploi, aient enfin pris conscience de cette urgence et tentent une évolution en sens inverse.

Mais ce mouvement de repli vers une humanité débarrassée de ces bombes sera long car l'entêtement et l'aveuglement de ceux qui ont participé à la course vers toujours plus de puissance semblent avoir été démentiels. Alimentée par la compétition entre les deux grands, cette course a provoqué la fabrication de bombes H dont la puissance est mesurée non plus en kilotonnes de TNT mais en mégatonnes, mille fois plus. Tout entiers obsédés par l'objectif immédiat, être plus puissant que l'adversaire, les responsables ont négligé l'objectif lointain qui était, ou aurait dû être, de préserver la survie de l'humanité. Cet objectif n'a même pas été mentionné jusqu'à la décennie 1980, où l'on s'est enfin préoccupé des conséquences d'un conflit et où l'on a découvert la possibilité d'un hiver nucléaire mettant fin à l'aventure de l'humanité.

Nous sommes actuellement inquiets à bon droit face au fanatisme incontrôlable de certains idéologues ; ils sont prêts à tout détruire pour faire triompher leur cause. Mais ce fanatisme n'est pas l'apanage de telle culture ou de telle religion. N'oublions pas que c'est un Occidental, un chrétien, le président Harry Truman, qui a osé s'adresser publiquement à Dieu au lendemain de l'explosion d'Hiroshima pour – je cite : « Le remercier de nous avoir donné cette arme. » Cette référence à Dieu dans un tel contexte montre que les consciences n'ont guère progressé depuis le XIIe siècle, époque où les cardinaux du Vatican condamnaient l'usage de l'arbalète, mais en limitant cet interdit aux seuls combats entre chrétiens.

Finalement, le danger le plus grave a pour source l'incapacité des décideurs à comprendre que les problèmes ont changé non seulement de taille mais de nature. La bombe nucléaire n'est pas simplement une bombe plus puissante, plus performante que celles d'autrefois. C'est la logique même de son utilisation qui est à repenser puisqu'elle est censée exister dans le seul but de ne pas être employée. C'est ce que l'on appelle savamment la stratégie de la dissuasion. Il est clair que la seule solution viable à long terme est la suppression de toutes les bombes. Le seul usage bénéfique que puisse faire de la sienne un pays comme la France est de donner l'exemple en la détruisant.

Ce premier pas une fois accompli, il faudra lutter contre l'acceptation passive du destin guerrier de notre espèce, démentir l'affreuse prophétie populaire : « Il y a toujours eu des guerres, il y en aura toujours. » Le premier de ces deux *toujours* est-il vrai ? Ce n'est nullement sûr. Il l'est pour la partie dite historique de l'aventure humaine, c'est-à-dire pour pas plus d'une dizaine de milliers d'années, une bien courte durée au regard de l'ensemble de notre histoire. Mais en ce qui concerne la longue période qui a précédé, nous ignorons tout. Dans les conditions difficiles que devaient affronter nos ancêtres du paléolithique, il n'est nullement évident qu'ils aient trouvé raisonnable de s'entretuer de façon systématique, comportement qui aurait diminué dramatiquement les chances de survie des collectivités, et finalement de l'espèce elle-même. L'hypothèse que la guerre, telle que nous la connaissons, a été inventée dans la foulée de la révolution néolithique peut fort bien être retenue.

Quant au second *toujours*, puisqu'il s'agit de l'avenir, il ne dépend que de nous qu'il soit démenti. La prétendue sagesse populaire commet une erreur fondamentale en présentant notre espèce comme soumise à un destin déjà écrit. Laissons l'idée de la prédestination aux interprétations de quelques théologiens. Demain sera ce que nous en ferons ; aucun sort ne nous a été jeté qui nous rendrait incapables de produire une humanité pacifiée. Encore faut-il qu'elle soit sincèrement et unanimement désirée.

Si, comme on peut l'espérer, les richesses non renouvelables offertes par la nature sont enfin considérées comme appartenant à tous les humains, une des sources principales de conflits entre les nations aura disparu. Mais ce n'est pas suffisant ; aussi bien pour les individus que pour les collectivités, c'est notre regard sur l'autre qui doit être transformé. Nous avons le réflexe de voir en lui un danger, un adversaire potentiel. Notre crainte nous pousse à anticiper une possible agression. Le souvenir des conflits d'hier contribue à provoquer ceux de demain. Il est temps d'échapper à ce cercle vicieux. Pour cela, il nous faut apprendre que cet autre est pour nous une source. Notre effort doit être non de le combattre, mais de le rencontrer. Pour mettre un terme définitif aux guerres, la seule issue est de développer l'art de la rencontre.

Droit aux rencontres

Rappelons le constat d'Érasme : « On ne naît pas homme, on le devient. » Ce devenir est un processus qui métamorphose un petit d'homme, objet produit par la nature, en un sujet, une personne capable de se savoir être. Les informations rassemblées pour élaborer cet objet, essentiellement sa dotation génétique, ne peuvent à elles seules provoquer cette métamorphose ; d'autres sources sont nécessaires. Bien sûr l'environnement dans sa totalité participe à cet apport, mais ce qui distingue notre espèce est l'utilisation d'un langage si subtil que la pensée de chacun peut participer à une mise en commun avec la pensée des autres. Nous pouvons nous enrichir de toute leur histoire.

Moi, humain, je suis membre d'une communauté qui peut s'enorgueillir d'avoir peint la grotte de Lascaux, édifié les cathédrales, composé *Don Juan* et imaginé la théorie de la relativité. Ma nature est complétée par mon aventure, et cette aventure a été et sera une suite de rencontres. Cette mise en commun est la clé de l'hominisation. Le droit le plus précieux de chaque être humain, qui en implique beaucoup d'autres, est d'y participer. La phrase célèbre : « Au commencement était le verbe », exprime bien le rôle de la rencontre, car ce verbe, cette parole, nécessite la mise en relation de celui qui s'exprime avec celui qui entend ; oui, tout commencement implique un lien.

Or les rencontres sont rarement aisées. Les inventions humaines ont souvent eu pour objectif de les faciliter, ainsi l'écriture qui permet de franchir les siècles, ou le téléphone et la radio qui permettent de franchir les kilomètres. Récemment, la merveille technique qu'est la miniaturisation des composants électroniques a été mise au service d'une délocalisation générale des possesseurs de « portables » : les paroles qu'ils émettent comme celles qu'ils entendent couvrent la totalité de l'espace. Les moyens de la rencontre viennent de faire un bond en avant inouï.

Un humain face à un autre. Ce que chacun ressent lui est suggéré par son expérience qui peut l'inciter à des attitudes opposées : craindre, se protéger, préserver sa propre identité en se refermant, ou faire confiance, partager, accepter le risque d'un cheminement commun. À chaque instant, un équilibre provisoire est obtenu entre ces deux positions aussi aventureuses l'une que l'autre.

Cet équilibre est géré par chacun selon ses angoisses et ses espoirs personnels, mais il est influencé par les non-dits de la société. Force est de constater que la nôtre privilégie la fermeture. Elle présente la plupart des rencontres comme des occasions de confrontation, de lutte, de palmarès. Un exemple extrême est fourni par le sport. Quelles que soient les règles du jeu, chaque partie devrait provoquer une émulation, être un échange bénéfique, agréable, joyeux, pour tous ceux qui y participent ; l'attitude collective la transforme souvent en une compétition acharnée dont le seul but est de l'emporter, d'être le gagnant, donc d'imposer à l'autre le statut de perdant. Pour y parvenir, tous les moyens sont bons, y compris le fric et la dope. Finalement, le résultat de la partie est résumé par quelques nombres, le sport est réduit à un score. Face à la réalité du jeu, ce score est aussi réducteur qu'un squelette face à un être vivant.

Si cette attitude de compétition permanente se bornait au sport, ce ne serait qu'anecdotique ; hélas, dès l'école primaire, elle est présentée comme une nécessité, elle serait seule conforme aux leçons de la nature. Un darwinisme simpliste est même utilisé pour la justifier : l'amélioration des espèces est présentée comme le résultat d'une implacable « lutte pour la vie » qu'il faudrait perpétuer. En réalité, l'arbre de l'évolution comporte des bifurcations qui doivent beaucoup plus au hasard qu'à la nécessité. Rien ne nous oblige à prolonger cette lutte au cours des événements qui sont la part spécifiquement humaine de notre vie : les échanges.

Ces échanges, expérience faite, apparaissent dans mon propre souvenir comme « ce qui reste lorsque l'on a tout oublié » ; ils m'ont façonné. Un regard dans mon passé fait resurgir, vivantes, des rencontres que rien n'annonçait, que rien ne préparait et qui font définitivement partie de mon trésor.

Ainsi je me souviens de la rencontre, que j'ai déjà évoquée, dans les couloirs de l'Ined où je venais d'être envoyé « au placard », du Dr Jean Sutter, spécialiste de la génétique. Il avait compris avant beaucoup d'autres comment cette discipline pouvait se développer, indépendamment de ses aspects médicaux, grâce à la génétique des populations. Par son intuition, par sa capacité à convaincre, il m'a engagé dans une voie dont j'ignorais tout.

Ainsi je me souviens de mon premier dialogue, qui a été suivi de nombreux autres, avec l'abbé Pierre. C'était sous l'une des tentes qu'Emmaüs avait installées quai de la Gare pour abriter des familles chassées de leurs logements. Il fallait ce soir-là prendre une décision : quitter ce squat ou prolonger l'occupation. L'abbé a su intervenir pour appeler au réalisme ; respectant totalement le choix des familles, il a aidé à dégager l'attitude la plus raisonnable.

Ainsi je me souviens de ma dernière rencontre avec René Dumont, qui semblait avoir perdu tout espoir dans l'avenir de notre espèce : « L'homme est le pire danger pour tout ce qui peuple la planète. Lorsqu'il disparaîtra, les autres vivants pourront se réjouir de l'élimination du plus inquiétant des prédateurs. » Ce pessimisme est hélas lucide. En écrivant ce chapitre, je cherche laborieusement les raisons de ne pas m'y abandonner.

Ainsi je me souviens du dialogue entamé avec Raymond Devos au journal de France Inter, prolongé plus tard dans sa loge de l'Olympia. J'ai senti que les quelques mots bien plats que j'exprimais devant lui prenaient un envol surprenant, étaient métamorphosés par ses répliques, devenaient capables d'exprimer des idées qui n'étaient plus les miennes, ni les siennes, mais les leurs. Car avec lui les mots acquièrent leur autonomie, ils deviennent des créateurs, des médiums ouvrant l'accès à d'autres univers.

Ainsi je me souviens de mes participations aux séminaires animés par Yehudi Menuhin, qui avait bien voulu apporter son appui aux actions en faveur des sans-papiers. Admiré universellement comme un violoniste génial, il était avant tout un homme révolté par le sort réservé à tant d'humains. Devant l'invasion de la violence dans les esprits et dans les actes, il constatait que « la loi seule est incapable de contrôler les êtres humains ; elle peut même être dangereuse ». Il comprenait ceux qui prennent le risque de l'illégalité. Il ajouta, dans l'une de ses lettres : « *Dear friend, if this will help, please do use it in one of your publications.* » Voilà qui est fait.

Ainsi je me souviens...

Mais ceux dont je me souviens sont trop nombreux. J'ai conscience de n'avoir pas su apprécier sur le moment la richesse qu'ils m'apportaient. L'âge venant, je mesure mieux la nécessité de retourner à l'école, une école qui m'enseignera l'« art de la rencontre ».

La fin de l'économie ?

> « *Les lis des champs ne travaillent point, ne tissent point ; et cependant Salomon dans toute sa gloire n'a jamais été vêtu comme l'un d'eux.* »
>
> Évangile selon saint Matthieu

Ainsi se précise le cadre de notre utopie : une humanité consciente d'ajouter un maillon à la chaîne de l'évolution, une humanité progressant dans une direction qu'aucune espèce n'avait jusqu'ici explorée, celle de la conscience de sa propre existence, et surtout une humanité comprenant que ses pas sont dirigés par elle-même. Certes, les contraintes sont nombreuses, mais un espace de liberté, dont nous ne voyons guère les limites, s'ouvre devant nous. Avec quoi remplir cet espace ? De quoi nourrir cette liberté ? Ou, en d'autres termes, quel sens donner à sa vie ?

Notre espèce a d'abord répondu à ces questions dans la continuité de son cheminement évolutif.

Comme tous les êtres vivants, les humains ont été obsédés par le désir de prolonger leur parcours, que ce soit leur parcours individuel, en entretenant leurs métabolismes, en luttant contre la mort toujours menaçante, ou leur parcours collectif en procréant les humains de la génération suivante et en les protégeant durant leur enfance. Ces objectifs ont été ceux des divers *Homo – Australopithecus, habilis, erectus, sapiens –* qui se sont succédé depuis la séparation, survenue il y a cinq millions d'années, entre notre lignée évolutive et celle des autres primates. Nous nous sommes battus pour survivre malgré un milieu souvent défavorable. Il se trouve que nous avons échappé aux pièges de la nature, alors que certains de nos cousins proches, comme l'espèce *Homo neanderthalensis,* n'ont pas eu cette chance et ont été éliminés.

C'est il y a quelques centaines de milliers d'années, une durée bien brève à l'échelle de l'évolution, que notre parcours a commencé à se singulariser. Nous avons manifesté alors, par une réussite inouïe, notre volonté de ne pas seulement nous contenter de survivre, de ne pas seulement subir notre sort : nous avons apprivoisé le feu. L'incendie provoqué par la foudre est un ennemi terrifiant : il dévore la forêt, chasse les animaux, détruit tout. Notre premier réflexe a été de le fuir. Puis nous avons été capables de le transformer en un ami qui nous réchauffe et nous protège ; entre nos mains il est devenu une arme qui nous rend plus puissants que les prédateurs.

Très récemment, il y a moins de quinze mille ans, nos ancêtres ont imaginé de franchir une étape de plus dans la prise en main de leur sort : ils ont contraint la terre à fournir plus de richesses qu'elle n'en donne spontanément. Cette révolution, dite du néolithique, a bouleversé tous les rapports des humains, rapports entre eux, rapports entre la nature et eux. Elle a notamment nécessité l'invention et la généralisation d'un comportement désigné par un mot qui est à la source des pires contresens, le mot *travail*.

Invention du travail

Alors que la chasse, la pêche, la cueillette n'exigeaient qu'une activité très limitée, il a fallu piocher la terre, l'ensemencer, récolter, fabriquer les moyens de production et de conservation, les entretenir, les protéger. Selon le démographe Jean Bourgeois-Pichat, l'humain nomade du paléolithique pouvait subvenir aux besoins immédiats, durant une semaine, d'une famille de quatre personnes, en consacrant seulement deux journées à la recherche de nourriture. Au néolithique, ce nomade est devenu un agriculteur sédentaire, il lui faut travailler sept jours sur sept. Son espace de liberté est saturé par le travail.

La compensation a été un accroissement rapide des ressources, ce qui a permis une augmentation décisive de l'effectif des humains. Depuis plusieurs dizaines de millénaires, cet effectif était resté au niveau de quelques millions d'hommes pour l'ensemble de l'espèce ; grâce à ce nouveau comportement il a, en quelques millénaires, dépassé cent millions puis atteint près de trois cents millions au début de l'ère chrétienne.

Imaginée dans les plaines fertiles du Moyen-Orient, cette nouvelle façon d'organiser la survie collective s'est rapidement répandue, aussi bien vers l'est que vers l'ouest, à la vitesse moyenne étrangement constante d'un kilomètre par an. Au bout de trois millénaires elle avait atteint, à l'ouest, les rives de l'Atlantique et s'était, à l'est, répandue sur l'Inde et la Chine. Une longue stabilisation a suivi, manifestée par la quasi-constance de l'effectif global qui était encore, en l'an mil, au même niveau qu'au début de notre ère et n'a dépassé les quatre cents millions qu'au XVIe siècle.

La nourriture n'est pas longtemps restée le principal bien ajouté par les humains aux cadeaux de la nature. Une fois assurée la survie alimentaire, les diverses civilisations ont, dans mille domaines, imaginé de nouveaux besoins et ont consacré leur activité à produire de multiples objets pour satisfaire ces besoins. Les villes se sont développées, les princes se sont fait bâtir des châteaux toujours plus luxueux pour étaler aux yeux de tous leur puissance, les guerriers ont inventé des moyens de lutte toujours plus efficaces et destructeurs pour préparer leurs batailles, les prêtres ont incité à bâtir des monuments toujours plus grandioses pour répondre aux angoisses générées en chacun par la conscience de sa précarité. Qu'il s'agisse d'étoffes, d'habitations, d'armes, de pyramides ou de cathédrales, ces productions humaines ont toutes en commun qu'elles résultent d'un choix délibéré des hommes et qu'elles nécessitent du *travail*.

Rappelons que ce mot dérive du mot latin *tripalium*, désignant un trépied sur lequel on plaçait un individu pour le torturer. Avec les siècles, ce sens s'est atténué mais, dans de nombreux cas, ce mot est resté associé à la souffrance ; ainsi dans les cliniques d'accouchement la « salle de travail » est le lieu où les mères mettent au monde leurs enfants, autrefois dans la douleur. Que l'événement puisse aujourd'hui avoir lieu avec moins de souffrances grâce à des gestes médicaux efficaces est évidemment un progrès. Dans ce domaine, le *travail* a reculé et ce résultat est salué comme une amélioration. Il en est de même pour les nombreuses actions que l'on effectue par contrainte, qui sont pénibles, répétitives, qui épuisent le corps et fatiguent l'esprit. Il est légitime, raisonnable, de chercher à les éliminer.

Mais le même mot, « travail », est employé pour des activités d'une tout autre nature, pour des actes qui, loin d'être destructeurs, participent au lent processus de construction de notre personne, pour des démarches qui ont été librement décidées car elles nous insèrent dans la collectivité humaine. La référence à un tripalium trahit la réalité lorsque l'on évoque l'élève qui « travaille » pour apprendre ses leçons, le médecin ou l'infirmière qui

« travaille » à l'hôpital pour soigner les malades, ou l'artiste qui « travaille » dans son atelier pour créer une œuvre. Dans ce contexte, l'activité peut être génératrice de fatigue, mais elle n'est pas associée à une torture ; elle est même souvent source de satisfaction, celle de participer à des rencontres. Elle s'inscrit alors dans les étapes de notre cheminement personnel. Il est légitime, il est raisonnable, de désirer lui donner la plus grande place dans notre vie.

Notre langue ne permet malheureusement guère d'échapper à la confusion ; il est pourtant nécessaire de distinguer le travail-torture, subi comme une calamité provisoirement inévitable, et le travail-action, choisi comme élément de la réalisation de nos projets, comme processus de la construction de nous-même.

Une ambiguïté semblable est manifestée par le mot « chômage ». Il y a quelques siècles, les jours chômés étaient accueillis avec joie. Les autorités civiles ou religieuses les accordaient aux travailleurs à l'occasion d'une fête patronale ou pour une commémoration patriotique. Ils oubliaient, ce jour-là, avec bonheur, l'obligation quotidienne de se lever tôt. Aujourd'hui, le même mot est utilisé pour désigner des périodes où, à leur grand regret, ils n'ont pas la possibilité de participer à l'activité collective, où ils sont exclus, où ils se sentent considérés comme « en trop ». Ce qui était un épisode heureux est devenu une période insupportable de mise à l'écart.

Ce retournement de la signification des mots

n'est pas un accident purement linguistique. Il manifeste un véritable non-sens commis par notre société lorsqu'elle se contente de décrire le contenu d'une activité sans préciser s'il s'agit d'un travail subi ou d'un acte choisi, d'une soumission ou d'une action. Ce non-sens peut même conduire à des comportements allant à l'encontre des buts recherchés. Une péripétie célèbre, d'une importance certes bien limitée mais révélatrice, en est l'illustration : la réaction des ouvriers travaillant dans les ateliers de soieries de Lyon, les canuts, face au premier métier à tisser.

La partie délicate de leur tâche consistait à isoler certains fils de la chaîne pour composer les dessins dont on leur fournissait le modèle. Un ingénieur, Joseph Jacquard, s'inspirant des travaux de Vaucanson, créateur de célèbres automates, imagina au tout début du XIXe siècle un système de commande des fils au moyen de cartes perforées, anticipant les premières machines à statistiques. Un seul travailleur pouvait effectuer une tâche qui nécessitait auparavant l'intervention de plusieurs ouvriers, et le résultat était meilleur, car la machine ne faisait pas d'erreurs.

Il est facile d'imaginer ce qu'aurait pu être la suite : les ouvriers, ravis d'être aidés dans leur tâche par une machine, se cotisent, empruntent de l'argent pour l'acheter, se fatiguent moins grâce à elle tout en produisant plus, gagnent des sommes suffisantes pour rembourser leurs emprunts et peuvent même s'attribuer quelques jours agréables de « chômage » ; tous les intéressés, canuts et ingénieur, travailleurs et inventeur, peuvent être satisfaits. La machine, en faisant reculer l'obligation du travail subi, a été bénéfique.

Hélas, cette belle histoire, parfaitement vraisemblable, n'est pas du tout conforme à ce qui s'est réellement passé. Ce ne sont pas les travailleurs qui ont acheté la machine mais les patrons. Ceux-ci ont voulu, conformément à l'un de leurs rôles dans l'organisation sociale, augmenter leurs bénéfices et ont licencié les ouvriers dont ils n'avaient plus besoin. Se retrouvant sans ressources et constatant que la fameuse machine était la cause de tous leurs maux, les canuts l'ont détruite en la jetant dans le Rhône. Par chance, ils n'ont pas, d'un même mouvement, jeté dans le fleuve les patrons et l'inventeur.

La leçon est claire. L'invention de cette machine apportait un avantage à la collectivité, elle était au total bénéfique. Cet avantage aurait pu être partagé. Malheureusement, les structures de pouvoir et les circuits économiques en place ont agi de telle façon que seuls les chefs d'entreprise en ont profité. Il est vrai que la machine prenait aux ouvriers une part de leur travail, mais pourquoi le déplorer ? Il n'était nullement obligatoire qu'elle leur prenne aussi leur emploi. La machine aurait pu être pour eux une alliée, non une ennemie ; ils auraient dû s'en prendre non à elle mais à un pouvoir qui pervertissait les conséquences de son utilisation.

Profitant de la confusion des mots, nos sociétés ont souvent présenté le travail comme la porte d'entrée vers la dignité et prétendu que l'adage : « Tu gagneras ton pain à la sueur de ton front », décrivait une fatalité contre laquelle il est inutile de se rebeller, ou même une obligation voulue par le Créateur. En fait, lorsqu'il est subi, le travail n'a rien à voir avec la dignité, et la sueur n'est nullement une nécessité ; les chrétiens sont invités à y réfléchir par la parabole du lis des champs qui ne tisse pas et dont la parure est la plus belle.

Pour ne pas être victimes des mots ambigus, il est préférable de réserver le mot travail aux activités qui correspondent à son étymologie, celles qui peuvent être assimilées à une torture car elles résultent d'une soumission face à une nécessité, ou face à une autorité. Et d'employer d'autres termes, par exemple le mot « activité » ou le mot « action », pour les actes que nous exécutons volontairement au nom de l'adhésion à un projet, même s'ils provoquent de la fatigue ou de la lassitude.

Avec cette convention il faut admettre que, par exemple, un instituteur, un professeur, participe à de nombreuses « activités » mais ne « travaille » que rarement. Il s'efforce d'accroître ses connaissances, d'améliorer sa compréhension, de la faire partager par ses élèves, il les aide à mieux formuler leurs interrogations, il intervient dans la construction de leurs intelligences. Mais, en fin de journée, quelle que soit la fatigue accumulée (et elle est souvent grande), il n'a pas fourni de « travail » ; il a été actif en vivant des rencontres.

S'il a le sentiment de « travailler », il est préférable qu'il change de métier.

Vers la fin du travail et du chômage

Durant des millénaires, les techniques n'ont évolué que lentement. La transmission des savoir-faire se faisait par l'exemple et oralement entre maître et compagnon. Les quelques innovations ne pouvaient guère se répandre et restaient localisées dans la région où elles étaient apparues. Ainsi ce n'est que vers l'an mil de notre ère qu'en Occident a été adopté le collier d'attelage permettant de mieux utiliser la force de traction des chevaux. Les moyens de production, de transport, de déplacement restaient à peu près les mêmes d'un siècle à l'autre. Les armées de Napoléon se déplaçaient avec les mêmes difficultés, la même lenteur, que deux millénaires plus tôt celles d'Hannibal, ou près de trois millénaires auparavant celles des empereurs Shang.

Une première accélération du rythme des changements a été provoquée, au XVe siècle, par l'invention de l'imprimerie qui a permis une meilleure diffusion des procédés nouveaux. Mais il est raisonnable d'admettre que, durant les dix ou douze millénaires qui ont suivi les bouleversements du néolithique, les contraintes de la vie quotidienne n'ont guère évolué, restant marquées par le recours au travail humain, principale source d'énergie. Le signe en est la généralisation de l'esclavage, qu'il ait été ouvertement organisé par la loi qui y soumet certains groupes humains (les Noirs, les prisonniers, les vaincus) ou sournoisement imposé par le système économique qui prive de leurs droits les plus faibles, ceux que les multiples compétitions désignent comme les perdants. Les quelques progrès techniques, comme les moulins à eau ou à vent, ont apporté un soulagement, mais leur effet a été compensé par l'accroissement systématique des besoins.

Il se trouve qu'après des millénaires de quasi-stagnation, l'efficacité des techniques a, depuis deux siècles, fait un bond en avant. Ce progrès a réduit considérablement le nombre d'heures nécessaires pour produire un même bien.

Au cours du dernier demi-siècle, ce mouvement s'est encore accéléré. Peu à peu, le travail est devenu marginal dans le processus de production, notamment lorsqu'il a fallu, après les convulsions de la Seconde Guerre mondiale, reconstruire les pays dévastés ; le mot clé a alors été *productivité*, c'est-à-dire augmentation de la production à activité égale. Les progrès ont été si rapides que les économistes annonçaient un ralentissement à court terme. Cette prévision pessimiste a été démentie, car l'informatique est venue prendre le relais. Nous constatons avec émerveillement ce qu'un ordinateur est capable de faire, notamment lorsqu'il est aux commandes d'une machine. Tout en restant réalistes, il est permis de rêver à l'âge d'or enfin revenu où quelques heures de « travail » par semaine permettront de satisfaire tous les besoins, ce qui permettra d'accroître la durée réservée aux « actions ».

La rapidité de ce changement est telle et ses conséquences si profondes que notre intelligence n'en saisit pas facilement la nature et en imagine mal les conséquences. Une métaphore peut nous aider dans cette recherche de lucidité : le phénomène de la surfusion. Diminuez, par un procédé quelconque, la température de l'eau contenue dans un récipient : à + 5 degrés, elle est évidemment liquide, à 0 degré, elle est encore liquide, à − 1 degré, si vous ne provoquez aucune secousse, elle reste encore liquide, de même qu'à − 2 degrés ; mais il suffit alors du moindre incident pour que, d'un seul mouvement, toute l'eau se transforme en glace. Une poussière tombant à sa surface suffit à provoquer le passage instantané de l'état liquide à l'état solide − Jules Verne a tiré un effet dramatique de ce phénomène dans *Les Aventures du capitaine Hatteras*, un caillou lancé dans un lac le fait se solidifier.

L'humanité vit actuellement une expérience semblable, source d'un véritable décalage dans le temps entre les causes et leurs effets. En moins d'un siècle, son effectif a quadruplé, les pouvoirs nouveaux apportés par la technique ont fait un immense bond en avant, la science a bouleversé notre compréhension de la réalité. Il est urgent de comprendre à quel point nos sociétés doivent être repensées pour tenir compte des nouvelles conditions de la vie en commun. Les rapports entre les humains diffèrent aujourd'hui de ce qu'ils étaient autrefois autant que les rapports entre les molécules de la glace diffèrent des rapports entre les molécules de l'eau liquide.

Le point de départ de ce nécessaire aggiornamento est la définition des objectifs poursuivis. La suppression aussi générale que possible du travail-soumission peut facilement entraîner l'adhésion, à condition évidemment que le temps ainsi libéré puisse être utilisé pour des activités choisies.

Ce n'est pas immédiatement réalisable, mais on peut, à défaut de l'atteindre, se rapprocher de l'état « travail zéro » par plusieurs voies : le remplacement des hommes par des machines dans les processus répétitifs ou fatigants, la remise en cause de besoins artificiels qui nécessitent le travail de nombreux humains sans finalement apporter de satisfaction à quiconque, et enfin une meilleure répartition entre tous du travail résiduel.

La première voie est spontanément utilisée par les entreprises. En régime libéral, leur objectif premier, dont l'atteinte conditionne leur survie, est d'améliorer leurs résultats financiers. Elles sont donc incitées à remplacer, dès que la technique le permet, la main-d'œuvre par des machines. Dans notre pays, la durée du travail dans l'industrie a ainsi été diminuée d'un tiers au cours des premières décennies du XXᵉ siècle : les quarante heures obtenues en 1936 ont succédé aux soixante heures de 1900 ; si ce rythme de réduction s'était prolongé jusqu'à la fin du siècle, cette durée serait aujourd'hui bien inférieure à vingt heures hebdomadaires. Les améliorations fulgurantes des techniques intervenues durant cette période auraient rendu cette évolution parfaitement réaliste et auraient permis son prolongement vers une durée plus courte encore si le bénéfice qu'elles apportaient n'avait été utilisé pour d'autres fins.

Hélas, les gains de productivité ont été, pour une grande part, dilapidés en laissant proliférer des activités n'ayant pas d'autre fonction que de satisfaire des besoins artificiels souvent ridicules et parfois néfastes. Songeons à la multiplication des objets inutiles et rappelons-nous la réaction de Socrate qui se serait écrié en entrant dans une boutique : « Que de choses dont je n'aurai jamais besoin ! » Que dirait-il aujourd'hui en entrant dans un supermarché ? Songeons aux dépenses consenties par de grandes entreprises pour « améliorer leur image de marque », admettant cyniquement que la qualité de leurs produits a moins d'importance que la présentation de ces produits telle qu'elle est imposée par la publicité. Songeons aux destructions des ressources naturelles ou des ressources humaines provoquées par le culte infantile et pervers de la vitesse : pourquoi aller vite en tournant en rond sur les circuits de Formule 1 et surtout pourquoi produire des voitures dont les performances ne peuvent se manifester qu'en violant les lois ?

Les chefs d'entreprise savent qu'il faut parfois faire un examen systématique des fonctions des divers services pour constater que certains ont survécu à la disparition de leur raison d'être. Une revue semblable des rouages de nos sociétés mettrait certainement en évidence que nombre d'entre eux ne sont que des résidus historiques dont la finalité a disparu.

Mais l'erreur la plus évidente a été de mal répartir les travaux subsistants, en en privant, contre leur volonté, ceux que l'on désigne par le terme chômeurs ; ils sont en fait des travailleurs à qui est refusée la participation aux tâches collectives. Lorsque la durée du travail subi sera proche de zéro, le concept même de chômage perdra son sens. La lutte contre ce fléau ne consiste pas à imposer du travail-torture à tous, mais à permettre à tous de participer à l'activité de la communauté.

Contrairement au *travail*, dont la nécessité diminue à mesure que les machines remplacent les humains, l'*activité* répond à des besoins sans limites. Dans l'enseignement, dans les divers établissements du système sanitaire, dans la recherche scientifique, dans les arts, les outils nouveaux offerts par les progrès techniques apportent une aide efficace, parfois même une aide décisive, mais ils n'annulent pas le recours à une intervention humaine ; ils génèrent plutôt des besoins supplémentaires. Le système éducatif, le système sanitaire, l'aide sociale, la culture seront donc des sources inépuisables d'emploi. La fin du chômage sera la conséquence de la fin du travail.

L'un et l'autre ne seront plus qu'un souvenir. La parenthèse du travail dans l'histoire de notre espèce, ouverte par la révolution néolithique, se refermera, espérons-le, avant la fin de ce siècle.

Intrusion de l'économie

L'objection immédiate devant cette description idyllique est : « Qui paiera ? » Comment financera-t-on toutes ces activités ? Ce n'est guère qu'à partir du XVIIIe siècle que des réflexions ont été développées pour tenter de répondre à de telles questions. Les précurseurs, François Quesnay et Jean-Baptiste Say en France, Adam Smith en Angleterre, ont proposé une nouvelle discipline, l'économie. Depuis, leurs successeurs ont merveilleusement raffiné la définition des concepts et l'analyse des processus ; ils ont tenté de faire de l'économie une science, mais ils sont loin d'avoir obtenu les succès dont peuvent se prévaloir leurs collègues chimistes ou physiciens. Ceux-ci maîtrisent si finement les mécanismes étudiés qu'ils sont capables, par exemple, d'envoyer des hommes sur la Lune ou de décrire le comportement étrange d'une particule élémentaire. Les économistes ne peuvent être aussi glorieux, ils n'ont même pas su prévoir, il y a quelques années, l'éclatement d'une

« bulle spéculative » à Wall Street et ne peuvent actuellement se mettre d'accord sur les mesures à prendre pour sortir un pays de la « stagflation », où réduction de l'activité et inflation des prix conjuguent leurs méfaits. Après deux siècles et demi de recherches, leur bilan n'est pas grandiose. Ils n'en sont pas moins des oracles constamment consultés par les décideurs.

L'objet de leurs réflexions et de leurs affirmations est de toute évidence important : il s'agit de la richesse, de son origine, de la meilleure façon de la créer, de la préserver, de la répartir, de l'accroître. Le mot clé constamment utilisé est « valeur » : comment la définir, par quel processus est-elle générée ? Une façon non standard d'y réfléchir est, me semble-t-il, proposée par le romancier Jules Romains dans une pièce de théâtre peu connue intitulée *Donogoo-Tonka*.

L'auteur donne ce nom à une ville de l'Amazonie décrite autrefois par un géographe dans sa thèse de doctorat. Atteignant l'âge de la retraite, ce géographe rêve d'enfin entrer à l'Académie. Or certains de ses collègues ont prétendu et presque démontré que Donogoo n'existe pas, ce qui ruine ses chances d'être élu. Pour le tirer de ce mauvais pas, un flibustier de la finance lui propose de créer et d'introduire en Bourse la Société de développement de Donogoo et de faire une campagne de presse annonçant que de l'or a été trouvé dans la rivière qui traverse la ville et décrivant la ruée des chercheurs d'or. Partout dans le monde des aventuriers avides de fortune saisissent cette occasion et se précipitent vers cet Eldorado. Errant dans la forêt, épuisé, un groupe de pionniers s'arrête dans une clairière, s'y installe et, par dérision, plante un panneau « Donogoo-Tonka ». D'autres groupes arrivent, trouvent l'endroit agréable, décident d'y achever leur errance. Le campement attire peu à peu une foule disparate qui s'organise. Sûrs d'y trouver une clientèle, marchands, gourous, prostituées accourent. Une ville se constitue... Donogoo existe et le vieux géographe est élu. L'illusion a sécrété la réalité.

N'est-ce pas une métaphore des mécanismes de l'économie réelle ? L'activité de chacun est provoquée, justifiée, valorisée, par les besoins de tous.

Peu importe qu'il y ait ou non de l'or dans la rivière ; les biens proposés sur les étals du marché de Donogoo ont de la valeur parce que des clients se présentent. Cette valeur résulte donc du désir que d'autres en ont, ce que constate, au terme d'un cheminement beaucoup plus rigoureux, Maurice Allais, prix Nobel d'économie en 1988 : « Le prix n'est pas une quantité inhérente à une chose, comme son poids, son volume ou sa densité. C'est une qualité qui lui vient de l'extérieur et qui dépend de l'ensemble des caractéristiques psychologiques et techniques de l'économie. »

C'est l'attitude collective face à un objet ou à un service qui génère sa valeur et, en économie monétaire, qui décide de son prix. En retour, le niveau de ce prix influence la production et la consommation. Un des aboutissements, parmi les plus importants, des raisonnements des économistes est le « théorème du rendement social maximal » ; il affirme que le système de prix résultant du libre jeu du marché est celui qui conduit la collectivité vers la situation la plus profitable à tous. Tout se passe, selon eux, comme si une « main invisible » utilisait les égoïsmes individuels pour servir l'intérêt commun.

Cette affirmation est au cœur de la pensée libérale : il suffirait, pour que tout aille au mieux, de laisser faire cette main bienfaisante. Malheureusement, comme tout théorème, celui-ci repose sur quelques hypothèses et elles sont lourdes : il faut que les biens soient des sources de satisfaction, qu'ils soient échangeables, appropriables, et surtout que la notion même de valeur puisse pour eux être définie. Or, dans une société complexe, le rôle dans l'économie d'un agent ou d'un objet, quel qu'il soit, est nécessairement multiple ; le résumer par un nombre, sa valeur, c'est l'unidimensionnaliser, donc le trahir.

De plus, l'équilibre entre l'offre et la demande réalisé par les tractations du fameux « marché » ne peut tenir compte que des contraintes présentes et ne peut par conséquent prétendre orienter vers un optimum futur : le marché ignore l'avenir. L'exemple du cours du pétrole, passé en trente ans de trois à soixante-dix dollars le baril, est significatif d'une dérive qui échappe à toute rationalité sans qu'un objectif lointain soit même évoqué. La main invisible souffre d'une incapacité congénitale à tenir compte du long terme. L'évidence en est donnée par les hymnes à la croissance chantés par tous les économistes : tout s'arrangerait, selon eux, si l'activité économique s'accroissait de trois pour cent l'an. Dans l'immédiat cela peut être vrai, mais la question est : combien de temps ce remède pourra-t-il être utilisé sachant que ce rythme correspond à une multiplication par vingt en un siècle ?

N'ayant pas de mémoire et ignorant l'avenir, la « main invisible » fait n'importe quoi. Ce qui permet à Maurice Allais de constater que « les premiers libéraux ont commis une erreur fondamentale en soutenant que le régime de laisser-faire constituait un état économique optimum ».

La puissance de cette main vient de notre soumission, et cette soumission n'est nullement fatale. La preuve en est donnée par les économies de guerre où, pour défendre la « patrie en danger », on oublie les leçons des économistes et on les prie de ne pas intervenir. Le meilleur exemple en a été donné au milieu du siècle dernier par les États-Unis : ils n'étaient pas encore sortis de la dépression provoquée par le krach de 1929 lorsque, en 1940, ils se sont préparés à aider les alliés dans leur lutte contre l'Allemagne nazie, puis lorsqu'ils sont entrés en guerre contre le Japon. Trois millions de soldats ont été mobilisés, sept millions d'ouvriers ont été embauchés par les usines d'armement, le chômage a rapidement disparu ; le pays a retrouvé puis maintenu la prospérité. Ce n'était pas un miracle, ce n'était pas l'œuvre de la main invisible, mais le résultat d'une volonté qui a mis une nation au service d'un objectif.

Un autre exemple est fourni par le rétablissement de l'Allemagne après sa défaite de 1945. Il a été décrit comme un miracle. Analysant ce prétendu miracle, la philosophe Hannah Arendt montre que « la destruction des objets, la dévastation des villes, aboutissent finalement à stimuler un processus d'accumulation de richesses » ; elle en conclut que, « dans les conditions modernes, ce n'est pas la destruction qui cause la ruine, mais la conservation, car la durabilité des objets fait obstacle au processus de remplacement ». Ce qu'elle désigne comme les conditions modernes est donc l'acceptation d'une économie qui ne peut trouver d'équilibre que dans une permanente accélération.

Ces deux exemples montrent que le paramètre essentiel, oublié par les économistes, est la volonté collective.

Pourquoi ne pas manifester une volonté aussi durablement affirmée lorsqu'il s'agit de faire la guerre contre les ennemis de tous les hommes que sont le sida, la malnutrition, la misère ? L'île Utopia qu'imaginait Thomas More existe bel et bien : c'est la planète Terre. Ceux qui l'habitent et l'habiteront méritent que nous fassions pour eux un rêve. Pour le réaliser il faut oser ne pas se satisfaire de l'état présent.

Fin de l'économie

À la fin des années 1980, un article de l'économiste Francis Fukuyama a eu un grand retentissement ; il avait pour titre et annonçait « La fin de l'Histoire ». Pour cet auteur, le modèle économique et politique que proposent actuellement les États occidentaux était le meilleur possible. Il « mettait le point final à l'évolution idéologique de l'humanité et à l'universalisation de la démocratie libérale occidentale ». L'Histoire pouvait s'arrêter.

Il paraît difficile d'adhérer à une telle vision. La fin de l'Histoire, bien sûr, ne se produira qu'avec la fin de l'humanité. Plus souhaitable et plus probable est la fin de l'économie.

Nous vivons en effet, en ce début de siècle, une transformation radicale de la nature des problèmes auxquels cette discipline s'efforce de donner une solution. Les multiples causes de cette mutation peuvent être regroupées en deux ensembles : celles qui découlent de la finitude de notre domaine, celles qui traduisent l'opposition entre le concept de *valeur* tel que l'entendent les économistes et celui de *valeurs* tel que l'entendent les citoyens.

Finitude du domaine humain et croissance

Cette finitude avait été jusqu'il y a peu, et est encore souvent, tout simplement ignorée. Paul Valéry a attiré l'attention sur elle en écrivant, en

1945 : « Le temps du monde fini commence. » Oui, une ère nouvelle s'ouvre dans l'histoire des hommes. Ils avaient pu jusqu'à présent s'imaginer que leur domaine était sans limites, en tout cas faire comme si ; il leur faut désormais prendre conscience de l'existence et de la proximité de ces limites et en tirer les conséquences.

Un exemple caricatural de cet aveuglement est donné par les incantations des politiques espérant constamment la « croissance » sans jamais préciser la nature de ce qui croît ; ils oublient, nous l'avons vu, qu'un rythme, par exemple, de trois pour cent l'an a pour conséquence en un siècle une multiplication par vingt de la consommation, aboutissement évidemment impossible. Sur une planète dont les dimensions et les richesses sont finies, tout processus exponentiel ne peut qu'être éphémère.

La croissance de la consommation est en réalité l'équivalent d'une drogue ; la première dose crée l'euphorie mais les suivantes mènent inévitablement à la catastrophe. Prétendre résoudre un problème, par exemple le chômage, par la croissance, c'est s'enfoncer délibérément dans une impasse.

Cette croissance, lorsqu'elle a lieu au sein des nations les plus développées, rend plus improbable une diminution des inégalités entre les peuples ; l'écart entre eux ne peut que s'aggraver. Apporter à tous les humains le niveau de vie actuel des Européens nécessiterait plus de ressources que n'en peut fournir la Terre. C'est donc, dès maintenant, non pas seulement une « croissance zéro » comme l'avait proposé le Club de Rome, mais une décroissance de la consommation des plus riches qui est nécessaire.

Cette perspective n'a rien de sombre, à condition qu'elle soit accompagnée d'un développement des activités qui ne détruisent pas les richesses de la planète, notamment toutes celles qui sont générées par les rencontres entre humains. Ce sont alors les critères permettant de décrire la santé des sociétés qui doivent être redéfinis. Il faut non seulement tenir compte de la production, comme le fait le célèbre PNB, mais aussi évoquer d'autres sources de satisfaction – accès aux soins, à l'éducation, à la justice – et, pourquoi pas ?, le bonheur.

Ces évidences semblent échapper aux décideurs. Il a fallu le premier « choc pétrolier », provoqué en 1974 par quelques États producteurs, pour prendre enfin conscience du danger : les réserves de cette richesse, devenue indispensable aux nations industrialisées, seront bientôt définitivement épuisées. L'échéance est proche, moins de deux ou trois siècles. De même le dérèglement apparent du climat nous a contraints à comprendre que l'atmosphère terrestre ne pouvait pas impunément être utilisée comme poubelle. Ces constats nous obligent à remettre en question tous les raisonnements des économistes.

Constatant que des ressources comme le gaz ou le pétrole font partie du patrimoine commun de l'humanité et que ce patrimoine est absurdement dilapidé, les décideurs auraient dû mettre en place un organisme collectif de gestion tenant compte des besoins des générations à venir. Ils se sont contentés d'en charger la « main invisible » qui a montré une fois de plus son incapacité à tenir compte de l'avenir. En trente années, le prix du baril a été multiplié par vingt ; par combien sera-t-il multiplié au cours des trente prochaines années ? En admettant une décélération de ce processus, on peut faire l'hypothèse, par exemple, d'une multiplication par quinze, ce qui porte le prix du baril à mille dollars avant l'an 2040. C'est dès maintenant qu'il faudrait tenir compte de cette éventualité.

De façon moins spectaculaire, la finitude des ressources enlève toute validité aux raisonnements des économistes pour orienter les décisions. Ainsi, les choix des investissements lourds sont orientés par de savants calculs de prix de revient. Pour être réalistes, ceux-ci devraient tenir compte des conséquences économiques des pollutions provoquées, ce qui est impossible car ces pollutions, le plus souvent, ne sont connues qu'après coup. Tel a été le cas de l'amiante qui a enlevé tout sens aux estimations de coût dont avaient pu tenir compte tous ceux qui ont décidé, au nom de la rentabilité, d'utiliser ce produit dans la construction de bâtiments, par exemple les concepteurs de l'université de Jussieu.

De même, le prix de revient d'un transport par

camion n'a de sens que si l'on incorpore dans le calcul le coût des conséquences, pour la santé publique et pour l'équilibre climatique, du CO_2 envoyé dans l'atmosphère. Or ce coût est totalement inconnu et n'est même probablement pas quantifiable. Tous les calculs permettant de comparer la rentabilité des divers moyens de transport sont donc simplement dépourvus de sens ; ils ne constituent qu'une façade de scientificité camouflant l'impéritie des décideurs.

La valeur face aux valeurs

La signification des subtiles spéculations des économistes est plus encore mise à mal par la nature des objectifs que les humains donnent à leurs actions. Pour décider de leurs choix, ils font référence à des *valeurs* manifestant l'estime qu'ils portent aux divers comportements, en fonction de la finalité qu'ils attribuent à leur existence. Ces valeurs, qu'elles soient morales ou esthétiques, n'ont, malgré l'identité des termes, rien de commun avec la valeur qu'évoque l'économiste.

Celle-ci est un nombre permettant de classer tous les biens et tous les services, sur une échelle unidimensionnelle. Elle donne du sens à l'affirmation que trois kilos de choux sont équivalents, car ayant la même valeur, à deux kilos de carottes. Mais lorsque l'interrogation concerne la guérison d'un enfant, les soins à donner à un vieillard, l'éducation à proposer à un jeune, le respect à manifester face à tout être humain, la réponse à l'interrogation sur *la* valeur des actes possibles ne peut être donnée, sinon en renonçant *aux* valeurs qui sous-tendent les règles adoptées pour la vie en communauté.

Loin de s'être arrêtée, comme l'a annoncé Fukuyama, ou même de faire une pause, l'Histoire des humains, fort heureusement, élargit sans cesse le domaine où les décisions sont prises en fonction des valeurs et non en fonction de la valeur. Cette évolution est hélas beaucoup trop lente ; alors que le patrimoine commun devrait être géré avec rigueur, « en bon père de famille », en tenant compte de tous les humains d'aujourd'hui et de demain, nous le confions, comme des enfants crédules, à la mythique main invisible.

L'économie semble triomphante aujourd'hui, elle a pourtant démontré son incapacité à tenir compte de critères globaux pour orienter l'activité de nos sociétés. La dilapidation des richesses de la planète, l'absence de toute rationalité dans l'organisation des transports en sont des exemples. Une des tâches urgentes dans la mise en place d'une structure raisonnable de nos sociétés sera de balayer les fantasmes que véhiculent les raisonnements des économistes pour enfin tenir compte de la singularité humaine.

Apothéose de la politique

Thomas More, dans son *Utopia*, propose une réforme radicale : « Seule capable de constituer le bonheur du genre humain : l'abolition de la propriété », car, constate-t-il, « tant que le droit de propriété sera le fondement de l'édifice social, la classe la plus nombreuse et la plus estimable n'aura en partage que disette, tourments et désespoir ». Il évoque une demi-mesure : « Décréter un maximum de possession individuelle » mais, selon lui, ce ne serait qu'un palliatif incapable de guérir le mal.

Depuis Thomas More, son remède, l'abolition de l'appropriation individuelle des biens, notamment de la terre, a été essayé par plusieurs peuples, avec très peu de succès, il faut le constater. L'exemple le plus spectaculaire, celui de l'URSS, a aussi été le plus désastreux. En revanche, Cuba, malgré les contraintes économiques imposées par les États-Unis, peut se prévaloir de résultats remarquables dans les domaines de la santé et de l'éducation : l'espérance de vie y est supérieure à celle des citoyens noirs des États-Unis, l'illettrisme y a presque disparu. Mais le tableau est malheureusement beaucoup moins glorieux pour les libertés publiques. La proposition de More n'a pas prouvé sa pertinence.

Cinq siècles après cette proposition, nous pouvons constater que la *disette* n'est pas partout éradiquée et que le *désespoir* se manifeste avec toujours plus de force jusque dans les banlieues des villes les plus opulentes. Il faut donc explorer d'autres directions.

L'erreur consiste sans doute à vouloir intervenir dans la possession des biens alors que l'essentiel dépend de l'attribution du pouvoir. J'y ai insisté, la spécificité de l'être humain est sa capacité à tenir compte de l'avenir, de faire des projets. Il ne se contente pas de subir, il intervient dans le déroulement de son aventure. La grande question pour chaque communauté est de rendre compatibles les projets des uns et des autres : comment organiser le processus de prise de décision de telle façon que chacun dispose d'un espace de liberté ?

Ce qui est le plus décisif, pour les individus ou pour les peuples, n'est pas de posséder mais de pouvoir décider. Supprimer la propriété individuelle, comme le suggère More, c'est intervenir dans le domaine de l'accessoire ; l'essentiel est d'organiser l'attribution du pouvoir. C'est le processus de cette attribution qui est réellement le *fondement de l'édifice social*. Autrement dit, l'économie ne s'occupe que du subalterne, le principal est la politique.

Les problèmes que pose cette attribution sont si complexes que la plupart des sociétés n'ont pu les résoudre qu'en faisant intervenir les puissances divines. En effet, lorsque le roi est présenté comme désigné par Dieu, sa légitimité ne peut être récusée, il est le sommet d'une pyramide qui place chacun à son niveau d'autorité et de soumission. Cependant, quelques siècles après More, l'idée a été proposée de faire reposer cette légitimité non plus sur la volonté de Dieu mais sur celle du peuple ; cela s'appelle la démocratie. Il se trouve que cette idée a été prise au sérieux par de nombreuses nations. Même si l'expérience n'a pas été partout totalement réussie, les résultats sont si probants que cet objectif est désormais largement partagé.

Après la fin de l'économie, la suite de l'Histoire sera la généralisation de cette gestion des humains par eux-mêmes. Cela ne signifie pas seulement l'adoption d'un régime démocratique par toutes les nations mais, surtout, ce qui est infiniment plus difficile, l'instauration d'une démocratie planétaire tenant compte de l'interdépendance récente de tous les peuples. C'est désormais un fait, toute décision importante prise par un chef d'État, que ce soit le président des États-Unis refusant de signer le protocole de Kyoto ou les ayatollahs d'Iran se dotant de l'arme nucléaire, concerne tous les humains. Elle devra donc être l'aboutissement d'un processus démocratique auquel ils seront tous appelés à participer. Mettre en place les procédures nécessaires, quelle tâche exaltante pour les politiques !

La mutation des esprits que ce bouleversement implique ne sera sans doute pas achevée avant plusieurs générations. Pourtant il y a urgence. Il faut donc préparer cet avenir en agissant là où se construisent les prochaines générations, l'école.

La cité où tout est école

L'histoire naturelle d'une espèce décrit la transformation de sa dotation génétique, trésor biologique accumulé au fil des mutations, que les mécanismes de la procréation transmettent d'une génération à la suivante. Ce trésor contient les secrets de la fabrication des substances qui constituent les divers organes, les recettes permettant la réalisation de ces organes et la mise en place des processus qui maintiennent l'ensemble en vie.

Notre espèce, contrairement aux autres, ne s'est pas contentée de cet automatisme ; elle s'est donné un ensemble de performances qui ne sont pas inscrites dans ce patrimoine ; elle a constitué, de sa propre initiative, un trésor qui n'est pas fait de molécules mais de concepts. La nature n'a pas été l'acteur, elle a été seulement le témoin de sa constitution. Ce trésor lui aussi doit être préservé, enrichi, transmis. Chaque société humaine a mis au point des procédures assurant cette transmission et utilise pour y parvenir l'ensemble des actes participant à l'éducation.

Le système éducatif a pour fonction de provoquer chez chaque humain la métamorphose de l'objet qu'est le petit d'homme, poussière d'étoile parmi d'autres poussières d'étoile, en un sujet qui devient lui-même grâce à son insertion dans la communauté humaine. Pour y parvenir, il conduit un enfant hors de lui-même, l'éduque, lui apprend à se savoir être, à dire *je* ; il participe à son intronisation en humanité.

Cette communauté n'est pas seulement l'ensemble des individus qui la constituent, elle est aussi l'ensemble des liens qu'ils établissent entre eux. Pour la représenter par un schéma, il ne suffit pas de figurer chaque humain par un point, il faut dessiner des flèches allant de l'un à l'autre et de l'autre à l'un. La réalité d'une collectivité est dans l'entrelacs de ces flèches.

Éduquer, c'est apporter du contenu à ces liens, c'est créer des réciprocités, c'est proposer à chacun d'être l'un des dépositaires du trésor collectif, d'être de ceux qui l'enrichiront, d'être aussi, face à la génération suivante, un passeur de témoin.

Lorsque notre espèce s'est séparée, il y a quelques millions d'années, des autres primates, ce trésor n'était guère grandiose. Il s'est peu à peu enrichi grâce aux efforts et aux réussites des humains. La capacité d'apprivoiser le feu a sans doute été l'un des premiers joyaux déposés dans cette cassette. La transmission de ce secret présentait alors peu de difficultés ; quelques recettes, quelques tours de main suffisaient.

Nous sommes maintenant bien éloignés de cette simplicité. Le coffre à bijoux que s'est offert l'humanité regorge de trésors fabuleux, fruits de l'imagination et des efforts de ceux qui nous ont précédés. Les hommes ont été merveilleusement créatifs et généreux. Face à la réalité étalée devant eux, ils ont formulé des interrogations toujours plus fines et proposé des explications toujours plus pertinentes. Pour progresser, ils ont mis au point un outil, la raison. Ils sont devenus *sapiens*, ils ont développé la science. Face à la diversité du cosmos, ils ont imaginé de le trouver beau, ils ont produit des objets qui ajoutaient à cette beauté, ils ont développé l'art. Face à l'inconnu, et surtout face à l'inconnaissable, à l'« au-delà » de l'espace et du temps, ils ont ressenti l'angoisse et inventé l'espoir. Face à l'autre et à eux-mêmes, ils ont tenté de créer du bonheur et cherché l'amour.

Le trésor accumulé mis à notre disposition et que nous devons transmettre est maintenant d'une telle richesse, d'une telle diversité qu'en faire simplement l'inventaire nécessite plus que la durée d'une vie. Le préserver et surtout assurer le relais d'une génération à l'autre est la grande affaire de toute communauté. Tous ses moyens doivent être mis au service de cet objectif ; la cité idéale est donc celle où tout est école.

Ce ne peut être qu'une œuvre collective nécessitant la mise au point de techniques. Mais l'enjeu est tel que l'éducation ne peut être confiée aux seuls techniciens de la pédagogie ; le risque serait trop grand que leur souci d'efficacité ne leur fasse oublier sa finalité.

L'éducation comme technique ou comme art

Pour devenir lui-même, l'enfant dispose de ce que la nature lui apporte et de ce que lui transmet son environnement humain.

De la nature, il lui faut découvrir, comme le font ses cousins des autres espèces animales, les richesses et les pièges et surtout il lui faut subir les transformations de son corps programmées par son patrimoine génétique.

Avec l'environnement humain, le jeu est plus compliqué ; lui aussi propose des richesses, tend quelques pièges, mais surtout il incite à la transmutation de l'individu fait de chair et d'os, en une personne capable de volonté, de projets, d'autonomie. Cette métamorphose est provoquée par l'entourage mais elle s'accomplit avec la participation du sujet lui-même. Il est à la fois un acteur qui joue un rôle imposé et un auteur qui improvise un texte.

Cet enchevêtrement des facteurs en jeu, les uns biologiques, d'autres culturels, les uns déterministes, d'autres aléatoires, fait de l'éducation un processus « chaotique », comme disent les physiciens, au sens où la connaissance de l'état initial n'est jamais assez précise pour en déduire avec certitude l'état à venir. Les météorologistes illustrent ce concept de *chaos* en proposant la métaphore de l'« effet papillon » : un battement d'ailes de papillon en Nouvelle-Zélande peut déplacer un ouragan du Texas en Floride, car le cheminement des interactions provoque des événements d'un ordre de grandeur sans commune mesure avec la cause initiale. Ils en ont tiré la conséquence que jamais, quels que soient les progrès des moyens de calcul, ils ne pourront prévoir le temps à échéance de plus d'une semaine ou deux. Même en admettant que les diverses forces agissant sur le climat sont parfaitement connues, l'aboutissement de leurs actions conjuguées est imprévisible. Il est possible de prédire à une seconde près l'instant de la prochaine éclipse de soleil, car seule intervient la force de gravitation qui, à court terme, ne génère pas de chaos. Mais il est définitivement impossible de prévoir si des nuages malencontreux empêcheront son observation, car leurs mouvements dépendent d'une multitude de causes et sont nécessairement « chaotiques ».

Ce qui est constaté pour l'évolution de l'atmosphère est plus manifeste encore pour la cascade des transformations qui, à partir d'un corps d'enfant, font émerger une personne. Elles sont d'une nature telle qu'elles déjouent les raisonnements habituels évoquant des causes et des effets. Tout le parcours de l'éducation est soumis au paradoxe de l'effet papillon. Un événement insignifiant aux yeux de l'entourage peut provoquer chez un enfant, un adolescent, un enchaînement de réactions personnelles d'une tout autre dimension que l'incident initial. Ainsi une vexation mineure peut-elle être intériorisée, amplifiée par le retour sur image qu'est le souvenir, durablement ressentie comme le signe d'un insupportable mépris et finalement aboutir à des comportements inexplicables – on l'a constaté en banlieue parisienne, lorsque, en novembre 2005, le mot « racaille » a été entendu comme une insulte collective et a provoqué une série d'émeutes.

Sans doute un éducateur a-t-il plus de pouvoir sur les jeunes qu'un météorologiste n'a de pouvoir sur les nuages, mais il n'est pas pour autant dans la position d'un mécanicien muni d'outils aux fonctions bien définies, qu'il suffirait, pour être efficace, d'utiliser selon le mode d'emploi. Son cheminement est plus proche de celui d'un artiste, qui a patiemment accumulé les recettes de son métier, qui a appris les tours de main, qui a écouté les conseils de ses pairs, et qui les oublie à l'instant où il crée.

L'éducation est semblable à un art ; elle est une création perpétuelle qui progresse en provoquant des rencontres toujours nouvelles. À chaque instant, l'éducateur peut prendre appui sur sa compréhension de la discipline qu'il enseigne et sur son expérience de pédagogue, mais avant tout il est, et surtout il se sent en situation d'affrontement que ce soit face à un élève, face à une classe ou face à un amphi. Cet affrontement, ce front à front, cette rencontre des intelligences est l'instant du passage de témoin, l'instant de la mise en commun du trésor collectif. Tout autre objectif de l'acte d'éducation est dérisoire face à cette fonction : aider un jeune à devenir un peu plus humain, c'est-à-dire à devenir copropriétaire d'une part supplémentaire de ce trésor.

Le système éducatif peut donc être défini comme le lieu où l'on enseigne et où l'on pratique l'art de la rencontre.

L'art de la rencontre

Hélas, à la question : « Pourquoi vas-tu à l'école ? », la réponse est trop souvent bien éloignée de cette évidence. La plus paradoxale est : « Parce que c'est obligatoire », la plus désespérante : « Pour préparer la vie active. »

Par quelle aberration notre société présente-t-elle ce cadeau comme une obligation, comme une corvée à laquelle il faudrait se soumettre ? Songeons aux enfants africains ; ceux qui ont la chance de disposer d'une école et marchent plusieurs kilomètres chaque jour pour bénéficier de son apport ont une autre idée de cette « obligation ». Sans le savoir, ils ont le même regard que celui qu'avaient les Grecs pour qui l'école était désignée par le mot *skholé* ; ce mot évoquait une condition affranchie des occupations et des soucis, il signifiait l'exemption du travail. L'« obligation scolaire » ne devrait pas être comprise comme imposant aux enfants d'aller à l'école, mais comme imposant à leur entourage, et en premier lieu à leur famille, de les aider à bénéficier de son enseignement.

Quant à l'évocation de la « vie active », elle entraîne le pire des contresens. Certes, chacun doit participer durant son parcours de vie aux activités que nécessitent les métabolismes de la société, mais une part seulement de ce parcours, une part dont on peut espérer qu'elle va être peu à peu réduite, est consacrée à la production et à la répartition des biens, c'est-à-dire à l'économie.

Il faut l'affirmer en toute occasion : la fonction du système éducatif n'est pas de fournir à ce Moloch qu'est le système économique les femmes et les hommes compétents dont il prétend avoir besoin. Son objectif est de participer à une tâche autrement décisive : aider chacun à devenir lui-même en rencontrant les autres.

Vie présente et avenir

L'expression « vie active » est d'ailleurs trompeuse car elle admet que seule peut être considérée comme active la période de notre vie prise en compte par les économistes dans leur calcul du produit national brut ; comme si un collégien ne manifestait pas autant d'activité qu'un chef de bureau, comme si ses journées n'étaient pas aussi saturées d'événements, de problèmes à résoudre, de choix à faire, comme si le cartable du premier n'était pas aussi révélateur d'activités vitales que l'attaché-case du second.

Admettre que l'enfance serait consacrée à préparer cette période dite active, c'est réduire la vie humaine à une série d'attentes emboîtées les unes dans les autres comme les étages d'une fusée. L'école maternelle n'aurait alors pour fonction que de préparer à l'école primaire, l'école primaire de préparer au collège, le collège de préparer au lycée, le lycée de préparer au bac, et ainsi de suite jusqu'à la retraite qui prépare à... Non, merci !

L'école est certes le lieu où l'on découvre la possibilité de devenir soi, mais ce devenir ne doit pas occulter la nécessité d'être acteur du présent. Il est raisonnable d'y préparer la suite de l'aventure, mais il ne faut pas pour autant oublier d'y vivre. On ne doit s'y sentir enfermé ni dans l'espace ni dans le temps. Chacun y construit sa liberté. Cela est vrai pour tous ceux qui y exercent une fonction quelle qu'elle soit, aussi bien les jeunes que les moins jeunes ou même les très âgés, aussi bien les enseignés que les enseignants, les élèves que les maîtres.

Avoir inventé l'avenir est l'une des grandes découvertes des humains. Mais ils ne doivent pas en abuser au point de trop sacrifier le présent au futur. L'équilibre entre eux doit constamment être maintenu. N'est-ce pas l'un des objectifs de l'art de vivre, cet art que l'on doit pratiquer dès l'école ?

Vie active, palmarès et soumission

Mais la référence à la « vie active » a une portée beaucoup plus perverse qu'une rupture d'équilibre entre le présent et l'avenir. Elle introduit subrepticement une attitude de soumission face à une société présentée comme déjà définie, comme imposée, alors qu'elle est à construire. Et ceux qui la construiront demain sont justement ceux que l'école forme aujourd'hui. Si elle les sélectionne en fonction de leur aptitude à se soumettre, si elle les encourage à la docilité, un cercle vicieux auto-entretenu est mis en place ; il oriente chaque génération vers la voie où elle reproduira les erreurs de la précédente, accentuant l'écart entre le souhaitable et le réel.

Pour échapper à ce cercle sans espoir, il est utile de repérer les attitudes qui, sournoisement, nous enferment dans des schémas préfabriqués. Le goût pour la notation chiffrée et pour les palmarès est sans doute parmi les plus pernicieux.

L'habitude de tout ramener à des mesures est si ancrée dans nos esprits que l'on oublie de s'interroger sur leur signification. Cela vaut pourtant la peine.

Il est raisonnable de répondre à la question : « Trois euros de choux plus deux euros de carottes, combien cela coûte-t-il ? » Mais il est absurde de chercher à répondre à : « Deux kilos de choux plus trois euros de carottes, combien cela fait-il ? » Ici, le *plus* ne peut être défini car les nombres fournis ne correspondent pas à la même dimension. Nous devrions tous savoir cela depuis l'école primaire. Il faudrait y renvoyer les correcteurs qui osent répondre, en donnant une note chiffrée, à la question : « Que vaut cette copie ? » Ils se rendent coupables de la faute logique la plus grave, car avec cette note ils prétendent tenir compte d'informations plus hétérogènes encore que les kilos de choux et les euros de carottes. Pour une dissertation de français, par exemple, ces informations mélangent l'orthographe (qui peut à la rigueur être mesurée par le nombre de fautes), mais aussi le style, la finesse des raisonnements, l'originalité des idées, la compréhension des notions de base, toutes caractéristiques qui ne peuvent être mesurées.

Or une note est un nombre et les nombres ont été inventés pour mesurer. Que peut donc bien mesurer le 18 ou le 2 attribués à une copie ? Aucune réponse n'est possible. Le correcteur est donc pris en flagrant délit de déraison ou, pire encore, de mystification. Il prétend répondre à une question sur la « valeur » de la copie, il répond en fait à une autre, implicite et peut-être inconsciente. Il répond très probablement à : « Quelle est la place de cette copie dans la hiérarchie de celles, réelles ou virtuelles, que j'ai à corriger ? »

La justification principale mais non avouée de la notation chiffrée, celle qui explique le recours généralisé à un nombre pour exprimer une opinion, est qu'elle permet d'établir un palmarès. Or l'éducation n'a nul besoin de palmarès. À quoi peut bien servir le constat que l'élève X est « meilleur » que l'élève Y ? Ce besoin est arbitrairement suggéré par la société, qui propose en effet à chacun de se contenter du confort intellectuel qu'apporte la soumission à de multiples hiérarchies. Elle nous fait admettre qu'un parcours de vie se résume à un enchaînement de sélections. Pour jouer véritablement son rôle, l'école devrait tout au contraire tenir compte du potentiel créateur de chacun.

Taylorisme scolaire

Enfin, la référence à la vie active risque de donner de l'école l'image d'une usine chargée de produire des cerveaux conformes à un modèle défini par un programme. C'est ce que divers acteurs du système éducatif dénoncent comme une victoire dramatique du taylorisme.

Frederick Taylor était un ingénieur américain qui, au début du XXe siècle, développa l'organisation scientifique du travail et généralisa le travail à la chaîne. Le résultat fut une meilleure productivité, une progression des résultats financiers des entreprises, mais aussi la suppression de toute initiative de la part du travailleur. L'efficacité fut obtenue au prix d'un travail déshumanisé. Pour Bernard Collot, auteur avec quelques collègues du livre *Du taylorisme scolaire à un système éducatif vivant*, les difficultés rencontrées aujourd'hui à l'école viennent pour une grande part de la vision tayloriste de l'enseignement. Celui-ci risque d'être conçu comme une chaîne de production dont la fonction serait de fournir des individus à l'intelligence formatée. Cette vision n'est-elle pas implicitement acceptée lorsque l'éducation est présentée comme une introduction à la vie active ? Le risque est grand que l'on réfléchisse à l'éducation avec une mentalité d'ingénieur s'efforçant de produire des objets définis avec précision, ou avec un regard d'économiste, de comptable, s'efforçant de dégager la meilleure rentabilité.

Or ni l'ingénieur ni l'économiste n'ont leur mot à dire sur ce qui se passe à l'école. Il faut donc commencer par se mettre d'accord sur ce que l'on attend d'elle : participer à une métamorphose. C'est la possibilité de cette transformation qui fait des êtres de notre espèce un cas singulier.

Apprendre et comprendre

Une des manifestations de ce potentiel est la distance qui sépare deux activités souvent confondues : apprendre et comprendre. Elles sont toutes deux des éléments du festin auquel nous convie notre désir de nous approprier l'univers, mais elles correspondent à des attitudes bien différentes.

Il est facile d'*apprendre*, et cela est le plus souvent suffisant pour répondre aux questions posées ou pour prendre les décisions quotidiennes, mais s'en satisfaire, c'est accepter de se nourrir des miettes qui tombent de la table du banquet. Ajouter à la collection de nos informations que la capitale de la Nouvelle-Zélande s'appelle Wellington ou que le nombre π s'écrit 3,1416 peut être utile dans l'immédiat, mais n'apporte à notre pensée aucune structure nouvelle. En fait, l'utilité de ces mémorisations ne se manifeste guère qu'à l'occasion d'examens conçus spécialement pour vérifier qu'elles ont bien eu lieu. Grand est alors le risque d'un rabâchage inutile dans la mise en place de notre intelligence ; elle n'est plus une série de découvertes mais une simple accumulation de données poussiéreuses que l'on entasse dans le grenier de notre mémoire.

Comprendre nécessite un effort parfois long, rebutant, mais cet effort permet de réellement goûter aux plats et de se réjouir de saveurs nouvelles. La compréhension nous fait partager le plaisir de ceux qui ont proposé de nouveaux cheminements de la pensée, défini de nouveaux concepts, fait un pas de plus vers l'inaccessible réel. Ce plaisir, il faut l'admettre, est souvent d'un accès difficile. Revenons par exemple, à titre d'exercice, au cas de la Nouvelle-Zélande. Quelques secondes suffisent pour apprendre le nom de sa capitale ; il faut en revanche faire tourner longuement nos méninges pour comprendre ce que signifie le passage, un peu à l'est de cette capitale, de la « ligne de changement de date », qui sépare à chaque instant l'ensemble des humains en deux catégories : ceux qui se croient un jeudi et ceux qui se croient déjà un vendredi. Il faut de même une réflexion assez subtile pour justifier que le célèbre nombre π mesure aussi bien le rapport de deux longueurs (la circonférence du cercle et son diamètre) que le rapport de deux surfaces (celle du cercle et celle du carré construit sur le rayon). Et un effort plus grand encore pour comprendre que ce nombre ne peut pas être écrit au moyen de chiffres, alors que ceux-ci ont été inventés pour écrire les nombres !

Autant est aisée pour l'enseignant la vérification qu'une information a été apprise – il suffit de la reproduire, de la réciter –, autant il lui est difficile de s'assurer qu'un concept nouveau a été compris. L'enseigné lui-même ne peut l'affirmer qu'en posant des questions ou en répondant aux questions des autres, enseignants ou camarades. Chacun de nous peut constater que son itinéraire intellectuel n'a pas été une ligne droite ni une suite d'étapes se succédant dans un ordre logique. Tout au contraire, il a comporté de multiples zigzags et retours en arrière provoqués, pour l'essentiel, par des échanges.

Notre vision du monde est semblable à un tableau jamais achevé dont les divers fragments sont précisés dans le désordre, en une succession aléatoire. Comprendre c'est, à chaque phase de cette construction, trouver un emplacement pour une pièce nouvelle, ce qui transforme le sens des fragments voisins. Mais ce n'est pas un puzzle que l'on reconstitue, car l'image finale ne préexiste pas ; c'est plutôt un tableau pointilliste que l'on complète et qui acquiert plus de cohérence à chaque touche nouvelle.

L'enseignant, qui est chargé d'expliquer, de faire comprendre, est, selon la formule de Socrate, un accoucheur ; il fait sortir non un enfant d'un ventre mais une compréhension d'un cerveau. Cette compréhension est donc suscitée de l'extérieur mais elle n'est pas un plat tout prêt. Elle est le produit d'une intelligence qui se débat avec ses propres difficultés. Même lorsqu'elles paraissent graves, parfois insurmontables, ces difficultés ne sont pas le signe d'un manque d'intelligence, elles sont tout au contraire la manifestation d'une rigueur intérieure jamais satisfaite. La lenteur dans la compréhension est donc plutôt un signe favorable. Quand il s'agit d'assimiler des idées nouvelles, la vitesse est inquiétante car elle peut être synonyme de superficialité.

Pour illustrer cette affirmation, évoquons deux domaines, l'arithmétique et la notion d'âge.

L'arithmétique

Le jeu auquel nous convient les mathématiques ne nécessite aucun support matériel, il utilise seulement des notions inventées par les humains. Certaines de ces notions sont assez facilement définies : un nombre, une droite, un cercle... D'autres nécessitent un plus long cheminement : une série convergente, une dérivée partielle, un tenseur. Elles apportent des éléments à une description du réel si véridique qu'elle permet des prévisions et des actions. Mais elles n'en produisent qu'une image. Lorsqu'il les utilise, le scientifique devrait suivre l'exemple du peintre Magritte, qui a donné à l'un de ses tableaux représentant une pipe le titre *Ceci n'est pas une pipe*. Ce qu'il décrit n'est pas le réel, seulement un modèle du réel, avec pour ambition non pas d'atteindre un jour ce réel mais de constamment s'en approcher. Les mathématiques sont une des pistes parcourues pour cette approche.

Les étudier, c'est participer au jeu de cache-cache entre le monde et le regard que l'humanité porte sur lui. L'expérience prouve que ce jeu permet d'agir sur le réel, mais l'efficacité ainsi acquise n'est qu'un produit dérivé, comme disent les boursiers, un avantage secondaire, un bonus. L'essentiel est le jeu lui-même. Donnons-en un exemple avec la discipline apparemment la plus simple, l'arithmétique. Son concept de base est le nombre : comment le définir ? Certains mathématiciens proposent d'y parvenir au moyen de l'exercice suivant :

– Voici deux tas, un tas de cuillers, un tas de fourchettes ; faites-vous une différence entre eux ?

– Certes.

— J'enlève quelques cuillers et quelques fourchettes, faites-vous encore une différence ?

— Bien sûr.

— Je continue à vous poser la question et enlève chaque fois quelques cuillers et quelques fourchettes. Vient l'instant où il n'y a plus ni les unes ni les autres, faites-vous encore une différence ?

— Réflexion faite, non : il n'y a pas de différence entre un tas de fourchettes dont tous les éléments ont été enlevés et un tas de cuillers dont...

— Bravo ; vous venez de définir les deux premiers nombres : *zéro*, c'est l'ensemble vide, et *un*, c'est l'ensemble des ensembles vides, qui lui n'est pas vide et dont vous venez d'affirmer que tous ses éléments sont identiques.

Constatons que ce parcours est innovant car il montre que le premier nombre n'est pas *un* mais *zéro*. Autrement dit, l'absence est le point de départ de l'énumération. Certes, l'on peut choisir un autre chemin pour définir les nombres, mais celui-ci a l'avantage d'aboutir à une surprise et d'introduire les nombres comme des concepts inventés par des humains avides d'abstraction et non (conformément à l'histoire de l'arithmétique) comme des outils permettant aux bergers de compter leurs moutons.

La vitesse et l'âge

Dans notre société où la vitesse est une valeur, la tentation de l'école est d'apporter du savoir sans trop se préoccuper de la compréhension. C'est se contenter d'un plat surgelé qui a perdu sa finesse et surtout qui n'aiguise pas l'appétit. Pour lutter contre la fascination de la vitesse, il est utile de mettre en question une mesure qui joue un rôle excessif dans la pensée des enseignants : l'âge des enseignés.

Nous l'avons vu à propos de la définition des origines, que ce soit l'origine du cosmos ou celle d'une personne consciente, la mesure du temps est arbitraire et le recours au concept mathématique de logarithme apporte une aide à notre réflexion. Ce concept peut être introduit par un autre chemin logique en analysant la sensation de la durée.

Nous avons tous fait l'expérience, venant d'avoir dix ans, d'attendre un an pour atteindre l'anniversaire suivant ; cette année d'attente nous a semblé longue. Les personnes de mon âge se souviennent d'avoir attendu six ans pour passer du soixantième au soixante-sixième anniversaire et d'avoir trouvé cette attente bien courte. Pour tenir compte de ce constat, il est raisonnable de définir la durée perçue entre deux événements marquant des étapes de notre vie comme la variation relative (et non la variation absolue) de la durée mesurée, c'est-à-dire en divisant la durée mesurée par l'âge : *durée perçue = durée mesurée/âge*.

Cette durée perçue est donc la même (un dixième de l'âge) entre les anniversaires 10 et 11 ou entre les anniversaires 60 et 66. Ce qui incite à mesurer l'âge personnel comme le logarithme de l'âge légal. Avec une telle convention, un centenaire n'est que deux fois plus « âgé » qu'un enfant de dix ans (en effet le logarithme de 10 est 1, celui de 100 est 2).

Ce constat nous conduit à regarder l'enfant de dix ans non comme un gamin sans expérience, mais comme une personne riche d'un parcours déjà fort long. Ce nouveau regard me semble plus proche de la réalité. Et surtout il nous habitue à ne pas nous contenter d'une description qui ne prendrait pas en compte les multiples dimensions d'un sujet aussi complexe. La notion d'avance ou de retard dans le déroulement de la scolarité, par exemple, apparaît alors sous un jour différent. Éliminons de notre pensée l'idée qu'il s'agit d'une course. Dans l'école de la cité idéale, l'âge des enfants ne sera connu que du médecin scolaire.

Les examens

J'ai été élève, j'ai été professeur, à certaines périodes j'ai été à la fois l'un et l'autre. J'ai passé des examens, j'en ai fait passer. J'ai été long à comprendre leurs méfaits dans l'ensemble du système éducatif dont ils sont pourtant considérés comme le pilier central. Ces méfaits sont accentués par l'ambiguïté du mot, qui désigne des réalités fort différentes dans la société et dans l'école.

Les examens dans la société

Un examen désigne normalement l'acte par lequel on s'efforce d'améliorer notre connaissance de la réalité d'un objet ou d'un être. Dans l'organisation d'une société, cette connaissance est la condition notamment d'une bonne adaptation entre les compétences des personnes et les rôles qui leur sont attribués.

Les examens, avec des modalités très diverses, participent à cette adaptation. Ils peuvent prendre la forme classique d'une comparution devant un examinateur, devant un jury, aussi bien que celle d'une campagne électorale qui est une comparution devant l'ensemble des électeurs ; de même, dans une entreprise, chacun des postes successifs est l'équivalent d'un examen permettant de décider de son parcours.

Quelle que soit la procédure, toutes ces formes d'examen sont des moyens mis au service d'une recherche de lucidité à propos des personnes prétendant à un rôle dans la société. Tel est le cas en particulier de ceux qui viennent d'achever leurs études et qui postulent pour un emploi. Il est normal qu'une clinique n'embauche un jeune médecin, qu'une école ne recrute un nouveau professeur, qu'après avoir vérifié leurs compétences.

Dans le cas où le nombre des candidats dont la compétence est avérée est supérieur au nombre de places offertes, force est d'adopter une méthode de sélection. Au nom de quoi accepter certains, exclure les autres ? À cette question, il nous faut admettre qu'il n'y a pas de réponse rationnelle.

L'attitude la plus cohérente serait d'adapter le nombre des embauches au nombre de postulants ayant démontré qu'ils sont capables de les tenir. Il semble que les rigidités de nos sociétés ne le permettent pas.

Pour tirer honnêtement la conséquence du fait que l'acte de sélectionner ne repose sur aucun argument objectif, il serait raisonnable de laisser le hasard désigner les élus parmi les candidats ayant démontré qu'ils possédaient les compétences voulues. Ce recours à l'aléa aurait le grand avantage de ne pas générer de rancœur ; le hasard n'est ni juste ni injuste. Cette méthode a été utilisée autrefois, dans notre pays, pour une décision particulièrement importante, le recrutement dans l'armée. Le conscrit de vingt ans allait à la préfecture « tirer un numéro » ; selon qu'il sortait un bon ou un mauvais numéro, il était ou non dispensé de service militaire.

Étrangement, cette procédure, qui n'implique aucune responsabilité, est peu utilisée, au profit d'une autre méthode, le concours, censé aboutir à un palmarès qui désigne les meilleurs. Nous l'avons vu, tout palmarès nécessite une description unidimensionnelle qui ne peut que trahir la réalité. La notion de « meilleurs » est donc dépourvue de sens. Malgré cette évidence, par habitude, pour apporter une façade de scientificité à leur décision, les responsables préfèrent camoufler l'arbitraire de la sélection en la justifiant par des notes chiffrées obtenues à de multiples épreuves. La présence de nombres et d'opérations arithmétiques plus ou moins compliquées n'est qu'un écran dissimulant l'absence d'arguments objectifs.

Les examens à l'école

« Réussir » est devenu l'obsession générale dans notre société, et cette réussite est mesurée par notre capacité à l'emporter dans des compétitions permanentes. Il est pourtant clair que la principale performance de chacun est sa capacité à participer à l'intelligence collective, à mettre en sourdine son *je* et à s'insérer dans le *nous*, celui-ci étant plus riche que la somme des *je* dans laquelle l'attitude compétitive enferme chacun. Le drame de l'école est d'être contaminée par une attitude de lutte permanente, qui est à l'opposé de sa finalité.

Répétons-le, la singularité de notre espèce est d'avoir constitué le trésor des interrogations, des réponses, des créations accumulées par les hommes depuis qu'ils ont pris conscience de leur existence. L'école est là pour aider chaque jeune à s'approprier cette fortune. Il n'en est pas capable seul ; il ne peut y parvenir qu'en complétant ses performances personnelles par celles des autres.

L'aide qui lui est apportée doit tenir compte de la transformation permanente que la nature opère en lui. Cette transformation n'est pas seulement celle, apparente, de son corps, mais aussi celle, souterraine, plus riche encore de conséquences, de son système nerveux central : entre la naissance et la puberté celui-ci met en place en moyenne, chaque seconde, plusieurs millions de connexions. C'est sur cette réalité en devenir que l'école intervient.

Elle est donc le lieu magique où se construisent les personnes. De ce chantier, elles sont à la fois les architectes et les maçons ; l'enseignant apporte des matériaux et en explique le mode d'emploi. Naturellement chaque étape nouvelle comporte un risque d'erreur. La progression de l'intelligence ne peut se faire que par ajustements successifs. Il faut donc continuellement examiner les étapes récemment franchies. Cet *examen* n'a nullement pour but un jugement, encore moins un classement ; il est un outil permettant de peu à peu améliorer la rigueur.

Cette dynamique est alimentée paradoxalement par un épisode dont le rôle bénéfique est méconnu : l'erreur. C'est par le constat que l'on a commis une erreur que l'on commence à progresser vers plus de compréhension. Oui, il est urgent de réhabiliter l'erreur. C'est sur cette évidence – « L'erreur est un tremplin » – que le Groupe français d'éducation nouvelle, puis le Groupe belge d'éducation nouvelle ont fondé leur méthode d'enseignement.

Illustrons cela par le cas déjà évoqué du pendule de Foucault. Celui qui se trouve au Panthéon est accompagné d'une notice explicative datée de

1851 : le plan du pendule reste fixe par rapport au cosmos, dit son inventeur, car l'espace est empli d'une substance étrange, transparente, indétectable, que l'on désignait alors par le mot « éther ». Or nous savons depuis Einstein que l'hypothèse de l'éther doit être totalement abandonnée. Le raisonnement de Foucault est fondé sur une erreur. Son expérience n'en est pas moins à l'origine d'une merveilleuse démonstration de la rotation de la planète – de même que la transformation de la cité virtuelle de Donogoo en cité réelle était l'aboutissement d'une erreur, mais d'une erreur volontaire.

Avec ce regard, les examens introduits dans le parcours de l'éducation sont d'une tout autre nature que ceux utilisés pour organiser la collectivité. Incorporés dans le courant des péripéties quotidiennes, ils ne sont surtout pas une cérémonie marquant un arrêt dans la succession des leçons. C'est à chaque étape qu'en questionnant les élèves, et surtout en les incitant à questionner, il est possible de vérifier que la transmission cherchée a bien eu lieu. Cela suppose que les cours soient vécus comme des rencontres et non comme des monologues devant un auditoire passif et plus ou moins réceptif.

La réalité d'aujourd'hui est à l'opposé de cette utopie pourtant raisonnable et aisément réalisable. Les examens, considérés comme des événements importants qui rythment la succession des trimestres, y tiennent une place démesurée. Charles

Pepinster, du GBEN, a calculé que, compte tenu de leur préparation et de leur correction, ils représentent une durée totale de deux années sur les douze des études primaires et secondaires. Ce sont deux années inutilement consacrées non à aider les élèves, à les faire progresser mais à les juger, les sélectionner, les exclure.

Certes, en raison du cérémonial qui les entoure, ces examens peuvent apporter du dynamisme, justifier des efforts. Mais d'autres procédures n'ayant pas les mêmes inconvénients peuvent jouer ce rôle. Le même pédagogue, s'inspirant des Compagnons du tour de France (une initiative semblable a été prise par plusieurs équipes pédagogiques), propose d'inciter les élèves à produire, seuls ou en équipes, sur une longue période, un « chef-d'œuvre ». Comme sa réalisation est longue, qu'elle implique des recherches d'informations, qu'il faut s'entourer de conseillers, se prêter au jeu des critiques, les élèves comprennent qu'ils participent simultanément à l'élaboration d'un autre chef-d'œuvre : leur propre personne.

Le conseil de Kant est connu : regarder chaque homme toujours comme une fin jamais comme un moyen. Appliqué aux examens il doit s'inverser : un examen est un moyen et ne devrait jamais être une fin. Ce n'est hélas pas ce qui est aujourd'hui vécu en France : pour la quasi-totalité des jeunes et des parents, les élèves vont au lycée *pour* préparer le bac, s'inscrivent dans des classes préparatoires *pour* intégrer les grandes écoles. Corriger cette inversion de la finalité doit être un des rôles de l'école de demain.

L'école de demain

Faire un projet pour l'école, c'est faire une hypothèse sur l'état de la société. Admettons que la nôtre se dirigera vers la « fin de l'économie » et que les moyens humains dont il a besoin seront attribués au système éducatif. Comment utilisera-t-il ces moyens, en visant quels objectifs ?

L'école et la cité

Un des rôles de l'école est de participer au maintien, dans la cité, de la paix intérieure sans laquelle toute communauté se délite. Cette paix ne peut être préservée que si chacun respecte les règles de vie décidées en commun.

Ce constat nous plonge immédiatement au cœur de la contradiction qu'affronte le système éducatif, si l'on admet que son objectif est d'aider chacun à devenir une personne capable de liberté, liberté de penser comme liberté d'agir. Cette capacité suppose la résistance face aux idées reçues ou aux comportement imposés. L'enseignement doit alors inciter à ne pas répéter les formules d'un maître à penser, ni à imiter les actions d'un chef. Il propose le doute et le choix personnel ; il valorise la nonsoumission et peut donc être considéré comme un danger pour la stabilité de la société.

Pour écarter ce danger, la tentation est grande de mettre l'école au service de l'État. C'est ce que font toutes les dictatures. Dans l'immédiat, la cohérence est obtenue, l'ordre assuré, mais, à long terme, c'est la dynamique de la société qui disparaît. Car celle-ci ne peut progresser, faire face à des conditions nouvelles, que si elle est capable de se critiquer elle-même. Elle doit donc donner des moyens d'expression à ceux qui la blâment et l'empêchent de s'endormir.

Elle doit aussi manifester une compréhension sincère face aux jeunes qui prennent des libertés excessives avec les normes du comportement. Cette compréhension a évidemment des limites : doit-on respecter la liberté de ceux qui ne respectent pas la liberté ? La question est posée depuis longtemps et la réponse doit toujours être réinventée : l'équilibre constamment instable entre l'ordre et le désordre est en cause.

La distinction est ici nécessaire entre l'attitude du pouvoir face à la délinquance et l'attitude du système éducatif face au délinquant. Elles ont des motivations bien dissemblables. La délinquance est un comportement qui est nécessairement considéré comme répréhensible. Nos sociétés ont mis en place pour le combattre tout un arsenal de moyens : la police, la justice font leur travail de « forces de l'ordre ». Le jeune délinquant, lui, est une personne en cours de construction, il opère par tâtonnements, certains de ceux-ci le conduisent à la délinquance. Il n'en reste pas moins un humain dont l'interlocuteur dans la société est en premier lieu non pas la police ou la justice, mais l'école.

Les rois d'autrefois avaient, paraît-il, la sagesse de se méfier de la flagornerie de leur entourage. Ils réservaient une place à leur côté à un personnage chargé de les critiquer sans retenue, sans crainte. Ceux que l'on appelait les « fous du roi » étaient en réalité les porte-parole de la sagesse. Le roi a disparu, mais la fonction du fou reste nécessaire. L'école peut y participer ; elle est un lieu où la mise en cause de la réalité présente doit être totalement libre. Elle doit former les jeunes à cette critique, y compris la critique de leur propre comportement. N'est-ce pas la meilleure leçon de civisme, c'est-à-dire de fidélité à sa cité ?

L'école et la famille

Aussitôt après sa naissance, l'enfant doit se distinguer de sa mère, sentir qu'il est autre qu'elle, s'éloigner. Puis vient le contact avec toute la famille que l'enfant perçoit comme une donnée, comme une réalité dans laquelle il pénètre, sans se rendre compte que son intrusion transforme cette réalité.

Lorsqu'il intègre l'école, l'événement est d'une tout autre nature. Les camarades, les enseignants viennent d'un monde inconnu, à la fois inquiétant et attirant. La distance qu'il ressent provoque un choc qui lui permet de surmonter la difficulté de rencontres autrement plus rêches qu'au sein de la famille. Cette différence peut être inconfortable, source de tensions intérieures ; elle peut aussi apporter à l'enfant une occasion d'exercer ses talents de diplomate.

Car un enfant est un diplomate qui a, face à chaque interlocuteur, une attitude spécifique. Il ne dit pas la même chose, pas de la même façon, à l'un ou à l'autre. Ce n'est pas une coupable duplicité, c'est la mise en évidence de la richesse qui se crée en lui. Construire celui qu'il va devenir l'oblige à tenir compte de contraintes qui ne sont pas les mêmes dans la famille ou à l'école. Il lui faut se battre sur plusieurs fronts, utiliser des armes différentes selon les circonstances. Il est donc amené à préserver une certaine dose d'opacité, d'indépendance entre les divers domaines où se déroule sa vie.

Avant même qu'il soit conscient, l'enfant a été l'objet des rêves des parents ; lorsqu'ils le conduisent à l'école, ils espèrent qu'elle sera l'outil de la réalisation de ces rêves. Or l'école n'a pas à jouer ce rôle. Elle est là pour aider l'enfant à devenir lui-même, un lui-même qui n'est pas défini à l'avance, qu'il ne faut pas faire entrer dans le moule proposé par la famille.

Une certaine distance entre celle-ci et l'école est nécessaire pour préserver le difficile équilibre entre les diverses influences. Un enfant est un chantier en effervescence. De multiples sources y participent, les camarades, les lectures, les émotions provoquées par un événement inattendu. Ces sources restent souvent souterraines, elles ne sont guère formulées car souvent les mots manquent. Elles n'en sont pas moins décisives et impriment des marques indélébiles.

Les éducateurs, dans la famille ou à l'école, doivent s'y résigner : ils n'ont accès qu'à une partie des chemins parcourus par l'enfant à la recherche de lui-même. Leur art est d'être présents sans s'imposer, attentifs sans être indiscrets, disponibles sans être envahissants. Ils doivent lui laisser la liberté de dévoiler des facettes différentes de soi, respecter son jardin secret.

Rien n'est pire pour l'enfant que de se sentir cerné, d'être dans la position du gibier menacé par l'hallali. Son dialogue avec le maître est plus ouvert s'il est sûr que les parents n'en seront pas informés. L'Église catholique l'avait fort bien compris en sacralisant le secret de la confession. Il faut donc limiter au strict nécessaire les courts-circuits entre l'école et la famille. Les trop célèbres carnets de notes qu'évoquent, souvent avec effroi, tant de romanciers racontant leur enfance sont perçus par les élèves comme des outils de dénonciation. Leur disparition est souhaitable.

Il ne s'agit pas d'interdire l'entrée de l'école aux parents, mais de leur faire ressentir qu'à l'école ils ne sont pas chez eux. Lorsqu'ils y pénètrent, ce doit être avec respect et timidité.

J'ai insisté, à propos de la singularité de notre espèce, sur ce constat : la définition de chaque humain inclut les autres. C'est par notre insertion dans la communauté que nous devenons totalement humains. L'école est, après la famille, le lieu principal de cette insertion. Les activités qui s'y déroulent ont des motivations variées mais cette diversité apparente converge vers un objectif unique : entrer en humanité.

Se référer à cette fonction permet de mieux poser certains choix. Par exemple : faut-il organiser des classes homogènes, les « bons » avec les « bons », les « en retard » entre eux, ou préférer le mélange des performances ? Dans notre société avide de réussite et de vitesse, c'est la première proposition qui risque d'être retenue ; elle est pourtant mauvaise pour tous. Elle prive chacun de la richesse qu'aurait pu lui apporter le contact avec un camarade « différent ». Cela est vrai même lorsque cette différence est cataloguée comme constituant un « handicap ».

Hélas, les parents d'élèves et les enseignants sont tentés d'évoquer le retard que cette présence provoquera et d'insister pour la mise à l'écart des élèves qui ne « suivent » pas. Pourtant, dans le processus de la compréhension, le dialogue entre celui « qui sait qu'il n'a pas encore compris » et celui « qui croit, souvent à tort, avoir déjà compris », est une étape utile pour tous. C'est à plusieurs que la compréhension progresse. Dans l'immédiat, l'homogénéité d'une classe gomme bien des problèmes, elle est plus confortable pour tous, mais c'est justement la recherche collective des solutions à ces problèmes qui aurait été bénéfique. Cette recherche est une occasion d'exercer la mise en commun, de mettre en évidence la fécondité de la recherche solidaire face aux limites de l'exploit solitaire.

Mettre en place un enseignement fondé sur la solidarité et non sur la compétition n'est pas un rêve d'utopiste ; il est en cours de réalisation dans l'État en tête de l'Europe pour le PNB par habitant, le grand-duché du Luxembourg. Un lycée pilote y a été créé en 2005, dont la dynamique repose sur une double solidarité entre les enseignants et entre les élèves. Le maître mot y est « équipe ». Les notes, les palmarès y sont inconnus. Certes, les élèves commencent par être un peu désorientés compte tenu de leurs expériences antérieures, mais ils perçoivent vite les avantages d'une école de la rencontre.

Hélas, dans notre société obsédée par l'ordre et la rentabilité, de telles tentatives de renouvellement de la problématique de l'école sont rares. L'actualité apporte plutôt des exemples d'enfermement dans la logique sécuritaire. Le plus inquiétant est donné par les recherches en vue de dépister le plus tôt possible les enfants « à risque », c'est-à-dire susceptibles de devenir des délinquants. Dès l'école maternelle, quelques experts seront chargés de cette détection qui permettra de surveiller avec une particulière attention les individus potentiellement dangereux, ou même de les soumettre préventivement à des traitements médicaux. Ainsi l'ordre sera préservé.

C'est exactement la société que prévoyait Aldous Huxley dans son roman *Le Meilleur des mondes*, une humanité où chacun serait défini, catalogué, mis aux normes. Le concept même de personne autonome, capable d'exercer sa liberté, disparaîtrait. Un des aspects les plus insupportables de ce projet, tel qu'il a été présenté par la presse, est l'établissement d'un document qui suivra le jeune au long de sa scolarité : inscrit dans un registre ou sur un disque d'ordinateur, ce document, avatar du casier judiciaire, permettra, au moindre incident, d'exhumer son passé. S'il est pris à dix-sept ans à faire l'école buissonnière ou à taguer un mur du lycée, ce comportement pourra être rapproché de son instabilité caractérielle déjà notée au cours préparatoire. Cet enfermement dans un destin imposé par le regard des autres est intolérable, il est une atteinte à ce qu'il y a de plus précieux dans l'aventure humaine : la possibilité de devenir autre.

Notre parcours n'est pas déjà écrit, demain n'existe pas. À chacun de le faire advenir. Laissons la prédestination à quelques théologiens, soyons conscients et aidons les autres à devenir conscients qu'en face de nous la page est blanche.

J'ai raconté au début de ce livre comment, passant durant l'Occupation sans livret scolaire d'un lycée à un autre, j'ai saisi au bond l'occasion de changer la définition que les autres donnaient de moi. J'en ai gardé la conviction que la liberté de chacun ne peut s'épanouir que si la société ne possède pas trop d'informations sur lui. « Je suis celui que l'on me croit », dit un personnage de Pirandello. Mieux encore serait : « Laissez-moi devenir celui que je choisis d'être. »

***

« Est-ce ainsi que les hommes vivent ? » L'interrogation du poète incite aujourd'hui à une réponse désespérée. Pourtant, les six milliards d'humains actuels, les huit milliards de la génération suivante, pourraient se donner à eux-mêmes des conditions de vie qui les rapprochent un peu de l'inaccessible bonheur.

Tout n'est pas possible immédiatement, mais s'engager dans une voie moins suicidaire ne dépend que de nous. Malheureusement, ce constat n'est guère perçu par les décideurs qui continuent à raisonner comme autrefois alors que les données des problèmes viennent de changer, ne serait-ce qu'à cause de notre effectif et de notre nouvelle efficacité. C'est la nature même des périls qui a été transformée. Y faire face nécessite de réfléchir, au-delà des difficultés présentes, à un avenir lointain.

Toute guerre se termine, toute haine finit par s'atténuer, son souvenir même à la longue disparaît. J'ai eu l'occasion, au cours d'une brève rencontre, de le dire à l'un des protagonistes d'un conflit qui semble sans issue, Yasser Arafat : « Un jour, dans dix ans, dans cent ans ou dans mille ans, cela dépend de vous, vos arrière-petits-enfants et ceux d'Ariel Sharon vivront en paix et ne sauront même plus pourquoi leurs ancêtres se sont si violemment battus. De même mes propres petits-enfants ne savent plus pourquoi mon père s'est tant battu à Verdun contre les Allemands. »

La paix entre les humains ne dépend que d'eux, elle est possible. Mais elle n'est nullement certaine, le pire est lui aussi possible. Entre le pessimisme désespéré et l'optimisme satisfait, la seule attitude raisonnable est le volontarisme. À nous d'agir, pour que tous les humains combattent ensemble leurs ennemis communs : la maladie, l'égoïsme, la faim, la misère, le mépris. Pour qu'ils acceptent enfin l'évidence : chacun peut trouver sa source chez les autres, tous les autres.

Table

À l'école 11
  Un élève... 12
  ... métamorphosé en professeur... 22
  ... et en citoyen 36

Singularité humaine 41
  De la reproduction à la procréation 42
  La place des humains 48
  Conquête de l'autonomie 51
  Interdépendance 54
  Rencontres entre humains 57
  Finition collective 60

Réinventer l'éternité 65
  Les temps diversifiés 68
  Situer l'origine 73
  La durée apprivoisée 77

Droit humain 81
  Droits de l'homme 81
  Droit aux soins 85
  Droit à l'information 91
  Droit au logement versus *droit de propriété* 97
  Droit à la paix 104
  Droit aux rencontres 112

La fin de l'économie ? 119
  Invention du travail 121
  Vers la fin du travail et du chômage 128
  Intrusion de l'économie 134
  Fin de l'économie 140
    Finitude du domaine humain et croissance 140
    La valeur face aux valeurs 144
  Apothéose de la politique 146

La cité où tout est école 149
  L'éducation comme technique ou comme art 152
  L'art de la rencontre 155
    Vie présente et avenir 156
    Vie active, palmarès et soumission 158
    Taylorisme scolaire 160
  Apprendre et comprendre 161
    L'arithmétique 164
    La vitesse et l'âge 166
  Les examens 168
    Les examens dans la société 169
    Les examens à l'école 171
  L'école de demain 175
    L'école et la cité 175
    L'école et la famille 177

Albert Jacquard
dans Le Livre de Poche

À toi qui n'es pas encore né(e) n° 15213

Généticien, Albert Jacquard n'a jamais cessé de s'interroger sur ce qui se transmet d'une génération à l'autre. Sous la forme d'une lettre à un arrière-petit-enfant adolescent en 2025, il nous offre ici la synthèse de ses questionnements, de ses engagements, de ses convictions, de ses craintes et de ses espoirs.

De l'angoisse à l'espoir n° 30008

Biologiste, généticien, mais surtout « activiste humain », comme il aime à le dire, Albert Jacquard, l'auteur de *J'accuse l'économie triomphante*, inaugure ici une nouvelle discipline, « l'humanistique ». Une approche dans laquelle l'économie, la technique, l'écologie, l'éducation croisent leurs perspectives pour définir un véritable projet humain, respectueux de la personne autant que de l'environnement naturel.

Dieu ? n° 30200

Homme de science et de rationalité, Albert Jacquard est aussi un homme d'engagement dont les combats et les idéaux demeurent imprégnés par la morale évangélique. Élevé dans la religion catholique, il a choisi ici de faire le point sur sa relation à Dieu et à la foi, en prenant pour point d'appui le *Credo* des chrétiens, qu'il commente phrase par phrase en se demandant ce qu'un scientifique du XXe siècle peut retenir de cette prière.

L'Équation du nénuphar n° 14811

Le grand généticien, résolument engagé en faveur de la justice sociale, aborde ici la découverte des sciences, de leur évolution, de leurs enjeux. Émaillant son propos d'énigmes et de problèmes ludiques, dont la fameuse « équation du nénuphar », il nous montre que la science est un plaisir.

Halte aux Jeux ! n° 30382

Que dissimule la belle vitrine des Jeux olympiques ? On nous montre de superbes et fringants athlètes, mais on nous cache l'envers du décor : la souffrance de tous, l'échec de la plupart, l'inévitable dérive du dopage. Il faut mettre fin à l'hypocrisie et dire ce qu'est le sport de haut niveau aujourd'hui : une entreprise d'exploitation de l'homme par l'homme, où la seule et véritable règle du jeu est le profit, quel qu'en soit le coût humain.

J'accuse l'économie triomphante n° 14775

Il n'y a plus de jour où l'on ne nous affirme que l'économie gouverne le monde, que les lois de la rentabilité et du marché constituent une vérité absolue. Quiconque conteste cette nouvelle religion est aussitôt traité d'irresponsable. Mais une société humaine peut-elle vivre sans autre valeur que la valeur marchande ?

Nouvelle petite philosophie n° 30876

Interrogé par Huguette Planès, Albert Jacquard examine un certain nombre de notions et de questions : totalitarisme, violence, désir, citoyenneté, bioéthique, écologie, Internet, jeunesse, mondialisation, solidarité... Avec des mots simples, il redonne à la philosophie sa vocation première : l'exercice d'une pensée libre, exprimée dans les mots de la vie quotidienne.

*Petite philosophie à l'usage
des non-philosophes* n° 14562

Jamais, sans doute, les incertitudes de chacun devant la société et l'avenir personnel ou collectif n'ont été aussi fortes, les systèmes religieux ou idéologiques aussi fragilisés. Albert Jacquard aborde, en conversation avec Huguette Planès, trente grands sujets. Qu'on le lise de A à Z ou au gré de sa curiosité, il incite à poursuivre la réflexion librement, par soi-même, à travers d'autres lectures.

La Science à l'usage des non-scientifiques n° 15400

Un grand nombre d'adolescents et d'adultes se croient définitivement inaptes aux sciences. Un système éducatif délibérément sélectif les en a persuadés. Albert Jacquard prend ici le pari inverse : si tout le monde n'est pas destiné à escalader les Himalayas de la science, chacun d'entre nous peut explorer les points de départ, les notions et les enjeux essentiels.

Le Souci des pauvres n° 14367

Albert Jacquard s'est, depuis plusieurs années, engagé au côté de l'abbé Pierre en faveur des déshérités et des exclus. Dans ce livre, il rend compte de son combat social et noue un dialogue fécond avec une des plus hautes figures de la spiritualité chrétienne – François d'Assise.

Tentatives de lucidité n° 30431

Albert Jacquard vous propose d'exercer votre lucidité sur quatre-vingts questions parfois anodines, parfois graves, toujours instructives, explicitées dans un langage parfaitement clair et accessible à tous. Au terme de votre lecture, il se pourrait que vous ne soyez plus tout à fait le même...

www.livredepoche.com

- le **catalogue** en ligne et les dernières parutions
- des **suggestions de lecture** par des libraires
- une **actualité éditoriale permanente** : interviews d'auteurs, extraits audio et vidéo, dépêches…
- **votre carnet de lecture** personnalisable
- des **espaces professionnels** dédiés aux journalistes, aux enseignants et aux documentalistes

Composition réalisée par NORD COMPO

Achevé d'imprimer en novembre 2009, en France sur Presse Offset par
Maury-Imprimeur - 45330 Malesherbes
N° d'imprimeur : 150634
Dépôt légal 1re publication : novembre 2008
Édition 02 - novembre 2009
LIBRAIRIE GÉNÉRALE FRANÇAISE - 31, rue de Fleùrus - 75278 Paris Cedex 06

31/2090/4